ダッシュエックス文庫

JN178839

彼女がハーレムを薦めてくる。

愛上クレ

一話　始まりは突然に。

五月上旬《じょうじゅん》。

ここは一般的な二階建て木造のアパート。六畳《じょう》一間の一室。

シングルベッドの上では二人の男女が正常位でセックスに興じていた。

男性はどこにでもいそうな地味めな顔立ち。ただ屈強な体格で、太く猛々《たけだけ》しいペニスが覗《のぞ》く。

女性は男性なら誰もが振り返るような……アイドル顔負けの美少女で、パッチリと大きい瞳、ハーフショートの艶《つや》やかな髪。

モデルのように美しい曲線の体つきで、形の整ったEカップの胸が動きに合わせて揺れている。

セックスの快楽にゆがんだ美しい女性の顔は、エロティシズムがとても掻《か》き立てられる。

男性が女性の後ろから、ペニスをヴァギナに突き入れた。

女性は目を大きく見開き、女性が出してはいけないであろう声を上げる。

AIUE KURE
Presents
She recommends
the harem.

「おご！」

男性はペニスの角度を小刻みに変えつつ、一定のリズムで腰を振った。パンパンっと肌と肌がぶつかり合う音が響く。

「あぅ！　もっときてー！　ああうぅ！　おごっ！　あうぅ！　ふごっ！　ヴヴヴ！　もっとああああうぅ！　ごっ！」

小柄な女性がペニスを突き入れられる度《たび》に、喘《あえ》ぎ声を漏《も》らしていた。

ハーフショートにした黒髪を激しく揺らし、額から流れ出る汗が飛び散り、快楽に歪めた口から唾液《だえき》がダラダラと流れる。

何度となく腰を打ち付けられ、女性はビクビクッと痙攣《けいれん》するように、体を震わせる。

「あっぅ！　あぁぁ……あ」

ビクンッと体を震わせ……ペニスを圧《お》し潰すように膣口がぎゅーっと締まった。

「ぐうっ！」

「あぁぁぁ……ぅ」

女性は白目を剝《む》いて、舌をだらんと出し……アヘ顔をさらして気絶した。

ただ男性の腰を振る速度は遅くなるどころか、むしろ少しずつ速くなっている。

「あぁ……ぅぁぁ……ぅ」

「ぐぅぅう。でる」

男性は苦悶《くもん》の表情を浮かべ獣のような声を上げて、腰を打ち付け……ペニスをヴァギナへとより深々と突き刺した。

ペニスから精子が勢いよく吐き出され、子宮の中ではなく……コンドームに受け止められる。コンドームに受け止められたものの、その衝撃は女性に届き、一時的に覚醒《かくせい》した。ただ、言葉にならない声を上げる。

「うぁ」

「ふぅ」

男性が肩で息をして、ドクドクと精子をコンドームに吐き出していった。

女性は布団に顔を押し付けたまま、ピクリとも動かなくなる。

「……」

「葵《あおい》は無理そうだな」

男性は射精の勢いが途切れたところでペニスをズルリと抜く。

二人が寝るには狭いベッドながら、女性の隣にゴロンと横になった。

十五分ほど、互いに会話はなく、息遣いしか聞こえなかった。

女性が男性に近付き、男性の腕を枕にして横になる。

「ねえ、大樹《たいき》」

「んー？」

女性の問いかけに男性……大樹は顔を向けて答えた。

女性は何か言いづらそうに言葉を濁《にご》す。

「あのさ……えっと……」

「どうしたんだ？　何か言いづらいこと？　なんでもはっきり言う葵にしては珍しい」

「少し言いづらいんだけど」

女性……葵は言いづらそうに一度言葉を切って視線を下げた。再び顔を上げ、大樹へと視線を向ける。


「セフレを作る気ない？」


大樹と葵がシングルベッドの上で正座し、向き合っていた。

ちなみに互いに裸である。

大樹は額を押さえて口を開く。

「お前は何を考えているんだ？　セフレを作れって？　なんでだ？　別れるのか？　俺のこと

嫌いになった？」

「私が大樹を嫌いになることなんて絶対にない。好きを超えて愛している。言葉では言い表せないほどに……愛してる」

葵が大樹をまっすぐに見ながら言った。

「俺も……愛してるよ。じゃあ、なんで？」

大樹の問いかけに葵は沈黙。

唇に触れて、視線を左下へと流して口を開く。

「……私の体が保たないのよ」

「え？　何か病気なのか？」

大樹が驚き……次いで心配そうな様子で、葵の肩に触れた。

葵はブンブンと首を横に振って。

「大樹とのセックスが気持ちよすぎて、体が保たないの。大樹のが大きくて、精力も強くて、体力もすごくて、腰……体は痛いし、頭がバカになるの。その日と次の日……つまり二日間ダメになるわけよ？　私、大学生活できなくなっちゃうわよ？　単位取れなくなっちゃうわ」

「激しくしすぎているとは思っていたけど。葵がセックス中にせがむんじゃないか」

「うーそれはそうなんだけど。セックス中は我慢できないんだもん」

「我慢できないんだもんって。ただ葵の生活に支障が出るのは困るよな。じゃあ……無難に回数を減らすか？　土日だけとか？」

「回数減らしたら、大樹はその分の性欲をオナニーで発散するんじゃないの？」

「まぁ。一日に三回は最低でも抜かないと変な感じだし」

「それって、つまり大樹が我慢しているってことでしょ？」

「我慢していると言われても、それが普通だろ？」

「私ができなくて、大樹に我慢させるなんて駄目。それに大樹のセックスはお世辞《せじ》抜きにしてもすごく気持ちいいのよ？　それをティッシュやオナホに食べさせるのは勿体《もったい》ないわ」

「勿体ないって、それでセフレか？　いや、しかしな……もし葵にセフレがいたら嫌だし、俺はやられたら嫌なことを葵にしたくない」

「繰り返すけど、私は大樹を愛している。更に言うなら、大樹とのセックス以外では満足できない体になっている」

「それなのに、葵は俺にセフレがいても良いのか？」

「他の女がいるなんて凄《すご》く嫌に決まっているじゃない。けど大樹に我慢させるくらいなら、些《さ》細《さい》なこと」

「些細なことって」

「これは愛よ。私の愛なの。私の愛はそれだけ大きいの」

「はぁ。葵はとんでもないことを言い出すな」

「とりあえずのセフレの目標は七人で。一週間を埋める感じ？」

「ば、何を言って」

「最終的には百人？　大樹ほどの男なら余裕で達成できちゃうかも」

「何を言っているんだか……」

葵は無茶苦茶《むちゃくちゃ》のことを言っている。

対して大樹には何かに引っかかるものがあったのか、難しい表情を浮かべ腕を組んだ。

少し考えていたが、最後には『葵は一度言い出したら聞かないからなぁ』と内心諦めて。

「葵のセフレ案だが、そもそもの問題がある」

「え？　なになに？」

葵が身を乗り出して問いかけた。

大樹は顔を手で覆《おお》って、言いづらそうに呟《つぶや》く。

「……俺はモテない」

「なるほどね。まぁ、大樹は超の付くほどの鈍感だからね」

「モテないことと、鈍感は関係ある？」

「ふふ」

「なんだよ。不気味に笑って……」

「大樹は鈍感だから気付かないのよ。セフレの候補ならすでに何人かいるのよ」

「セフレの候補？」

大樹が眉《まゆ》を顰《ひそ》めた。

葵は楽し気な表情で、壁を指さしてみせる。

「そう。こっち」

大樹は葵の指差した方向……壁へと視線を向ける。

「壁？」

「その先。たまに聞き耳を立ててオナニーしている隣の部屋のお姉さんとか？」

「へ？」

大樹がきょとんとした表情を浮かべて視線を葵へと向けた。

ほぼ同じタイミングで、壁の向こうからゴトゴトッと何か倒れたような物音が響く。

葵は壁に向かって問いかける。

「聞こえているんでしょ？　名前は神楽真理《かぐらまり》さんでしたね？」

二話　壁の向こうに。

ここは可愛《かわい》らしい小物やぬいぐるみが置かれた部屋。

大樹《たいき》の隣の部屋に場所を移していた。

部屋の中には大樹と葵《あおい》ともう一人……金色の美しい髪を伸ばしたおっとりした雰囲気《ふんいき》のある可愛らしい女性。そして彼女の特出すべきところはとにかく大きな胸だろう。

その三人が丸いテーブルを挟んで座っていた。

大樹は居心地が悪そうにしながらも、口を開く。

「突然部屋に上がりこんですみません。えっと、名前は神楽《かぐら》……真理《まり》さんでしたか？　俺、駒《こま》田《だ》大樹です。こっちが立花《たちばな》葵」

テンパって自己紹介を始めた大樹を葵は押しのけた。部屋を物色するように鼻を動かす。

「すんすん。それより、真理さん。この匂《にお》い……やっぱりオナニーしていたでしょう？　ねえ？　ねえ？　ねえ？」

AIUE KURE
Presents
She recommends
the harem.

丸いテーブルに手をついて、身を乗り出して金髪の女性……真理へと問いかけた。

真理は動揺《どうよう》した表情で視線を左右に向ける。

「えっとぉ……えっと……えっと」

「真理さんって、溜まっているの？」

「え？」

「だって、私達がセックスする度《たび》にオナニーしていたよね？　声がだいぶ漏《も》れていましたよ？

ここ最近……ゴールデンウィーク中はほとんど毎回」

「え……えぇぇ！　聞こえていたの？　そうなのぉ!?」

「そうそう。ここの壁薄いし」

「そうだったですね……恥ずかしいなぁ」

葵の指摘を受けた真理が赤くなった頬《ほお》を隠すように顔を両手で覆った。

真理と葵のやり取りを見ていた大樹が葵に近付き、問いかける。

「ところで……セフレの候補って話だが、ありえるのか？　だって……」

大樹が棚《たな》に置かれていた写真立てへと視線を向けた。

写真立て、金髪の女性……真理と男性が仲良さげな様子で並んで撮られた写真が立てられている。

「神楽さんって彼氏がいるんじゃないのか？」

「上手《うま》くいってないんじゃない？　大樹は鈍感だから気付いてなかっただろうけど……。たまに会った時、アンタに向ける真理さんの視線は凄く熱っぽかったのよ？」

「そうなの？」

「そうそう、それにセフレだし大丈夫でしょう」

「セフレでもダメだろう。彼氏いる人が他人とセックスするのは……」

大樹が渋い表情を浮かべ、不意に真理へと視線を向けた。真理はキュッと服の裾《すそ》を摑《つか》んで意を決したように口を開く。

「あの……セフレではなく……純粋にセックスを教えてくれませんか？」

「？　え？　セックスを？」

「そう。そうです。私は女子中、女子高、女子短大と……男性と関わることが少なくてぇ」

「はぁ」

「今の彼が初めての彼氏なんだけど、セックスのやり方が良く分からなくて全然上手くいかなくて。その……気持ちよくなくて。むしろ、痛いくらいだったんです」

「痛い？　セックスで？　その……最初だけではなく？」

大樹が一瞬葵へと視線を向けた。ただ葵にも心当たりはなかったのかキョトンとした表情で首を傾《かし》げる。

「はい。何度か試したんですけどぉ。ずっと……。だから彼のセックスの誘いに乗り気になれなくてぇ。それで彼との関係に溝《みぞ》ができたんですけど。正直上手くいっているとは言えない状態なので。そして、この前……」

真理が俯《うつむ》いて言葉に詰まる。

葵は真理の隣に移動して問いかける。

「ん？　この前？」

真理は言いづらそうに……間を空《あ》けると、消え入りそうな声で。

「……この前、他の女性と仲良く歩いているところを目にしちゃったんです」

葵は納得したように頷《うなず》いて。

「浮気？　まぁ、歩いていただけだと、なんとも言いづらいけど」

「それは分かっているんですけどぉ。なんにしても関係が悪くなっているのは明白で、その関係を改善したいんです」

「関係悪化の原因と思われるセックスを勉強したい……教えてほしいと？」

「はい」

ここで葵と真理の会話を聞いていた大樹は考え込むように腕を組む。

「んーそうか。だけど、教えることありますかね？　俺も付き合うのは葵が初めてだし」

「そのぉ。セックスをする葵さんの声が聞こえてきて……気持ちよさそうで正直うらやましかったんです。そのセックスを教えてほしいんです。先ほどの葵さんが言っていたセフレとは話が変わってくるんですけどぉ。……も、もちろん、お願いを聞いてくれたら、何かできる範囲でお礼もしますので」

　大樹を押しのけて、葵は丸いテーブルに手を置いて前のめりになった。

「お礼？」

「私でできることならですけど」

「安心して、この安いアパートに住んでいるんだもの、すごいお礼を求めたりしないから」

「あ、ここのアパートにしたのは会社に一番近いからですけどぉ」

「え？　じゃあ、結構稼《かせ》いでいるの？」

「えっと、普通くらいには」

「よくよく見たら、神楽さんの部屋ってリフォームが入っていて……大樹の部屋よりも綺麗《きれい》か……勘違いしていたわ」

「いえ」

「そっか……あ、私欲しいモノがあったの」

葵はフフッと笑みを浮かべて、口元に手を当てた。

この時、大樹は『なんで、葵の欲しいモノなんだよ』と内心でツッコミを入れていたが、口にはしなかった。

「なんですか？」

「私、新しい大きな……クィーンサイズのベッドが欲しいのよね。これはちょっと高いから三人で割り勘したいなぁ。六万円だから一人二万？」

「……分かりました。良いですよ」

「ほんと、ありがとう。シングルだと狭いなぁって思っていたのよ」

葵が真理の手を握った。

大樹は制止するように葵の肩を摑む。

「ちょいちょい」

「どうしたの？」

「大きいベッド……しかもクィーンって……俺の部屋に入れたら、ベッドにほぼ占拠されて俺はどこで暮らせっていうんだ？」

「？　ベッドの上で良いじゃない？」

「ベッドの上で食事？　ベッドの上で着替え？　ベッドの上で大学の勉強？　生活しづらいだ

ろ」

「そうかな？　大丈夫よ。大丈夫……そうと決まったら、さっそくやっちゃう？　二人ともやっちゃうか」

大樹の意見を聞き流して、葵が元気よく拳を突きあげるのだった。

三話　真理とセックスはじめました。

自身の部屋に戻ってきた大樹《たいき》は真理《まり》と二人でベッドに並んで、座っていた。

やると言い出した葵《あおい》だが「私、邪魔だよね？　一旦家に帰るわ」などと言って帰ってしまっていた。

葵を内心で呪いながらも大樹は緊張した面持《おもも》ちで、口を開く。

「これでも綺麗にしているのですが。神楽《かぐら》さんの部屋に比べると、リフォームも入ってないんでボロくて……すみません」

「だ、大丈夫です。緊張しているだけですのでぇ」

「そうでしたか。実は俺も緊張しています。葵以外と、こんなことになるとはまったく思ってなくて……」

「……葵さんとの付き合いは長いのですかぁ？」

「ええ、幼馴染《おさななじみ》といった感じです」

「へぇー幼馴染で……お付き合いをなされているんですねぇ。そこもなんだかうらやましいですね。馴れ初め《なそ》を聞いても？」

真理が興味津々《しんしん》といった様子で問いかけてきた。身を乗り出して、大樹の腕に豊満な胸が当たる。

大樹は頰《ほお》を掻《か》いて、短く息を吐く。

「面白いもんじゃありませんよ？」

「それでも、聞いてみたいです」

「じゃあ……少しだけ。俺は物心ついた時から好きだったんです。葵のことが。ただ幼馴染という関係が心地よくて……なかなか告白には踏み出せなかった」

「その関係が崩れたのは？」

真理の問いに大樹は視線を揺らして、若干《じゃっかん》言いづらそうにしつつ。

「嫌な夢を見たのが、きっかけと言えばきっかけかな？　夢だからよく覚えてないんだけど……。それで俺から告白して、奇跡的に付き合うことができて」

真理は『駒田《こまだ》君は嘘をつくのが苦手なのかなぁ？　絶対その夢を覚えてそう』と内心で思いつつ、黙って頷いた。

「うん」

「まぁーそんな経緯があって今に至りますね。惚《ほ》れた弱みか……なんだかんだ言って、葵の言うことを聞いてしまうんですよね」

大樹が渋い表情となって視線を下げた。次いで「それがたとえ……」と聞き取れないほど小さく呟《つぶや》く。

真理は首を傾《かし》げて。

「どうかしましたか?」

「いや。やっぱりこの話面白くないですよ。もうやめましょう」

「そうですか?　もっともぉーっと詳しく聞きたいのですが」

「勘弁してください。それで……」

大樹が言葉を切った。

真理と視線を合わせて、真剣な面持ちで問いかける。

「確認ですが。俺で良いんですか?」

真理も真剣……若干肩を強張《こわば》らせて、ペコリと頭を下げる。

「こんなこと……頼める人はいないです。よろしくお願いします」

「そう。まぁ、嫌になったら、いつでも言ってください」

真理は大樹の言葉を受けて、安堵《あんど》したように答える。

「分かりましたぁ」

「じゃあ」

大樹が少し距離のあった真理に近付いてベッドに座り直し、真理の手を握る。

唐突《とうとつ》に手を握られた真理はピクンッと体を震わせる。

「あっ」

「綺麗な手ですね」

「そ、そうですかぁ？」

「俺の手とかゴツゴツしていて固い」

「よくよく考えたら、こうして男の子の手をちゃんと見るのは初めてです」

真理が大樹の手をマジマジと観察した。感触を確かめるように指先でスーッとなぞる。

「デートとかで、手を握ったりしないのですか？」

「手は握りますけどぉ、こんなに見ることないですよ」

「まぁ、そうですか」

「本当にゴツゴツしている。それに大きい。これが男の子の手なんですね」

「あ、そうそう。なんか距離があって変なんで、セックス中は駒田ではなく大樹と呼んでください。それから、俺は年下なんで敬語とかいらないですよ」

「そうです……そう？　ありがとう。こ……大樹君も敬語はいらないよ。私のことは真理と呼んで」

「分かりました……。えっと、真……理さん。女性を下の名前で呼ぶのはなかなかハードルが高いな」

「えっと、葵さんは下の前で呼んでいるのにぃ？」

「いや、さっき話しましたが葵とは幼馴染なんで」

「そっか……そうだよね。けど、この場だけで良いから、真理って呼んでくれない？」

「分かった。努力するよ。ま……真理さん」

「ふふ、よろしくねぇ」

「あぁ」

大樹は真理の手を握って、視線を合わせて見つめ合う。

少しの間の後で顔をゆっくり近づけて、唇に……キスをした。

最初は触れるだけのキス。次いで舌を伸ばし、唇に差し入れ、探るように歯をなぞる。

真理は若干抵抗があったものの大樹の舌の動きに合わせて、舌を動かし始める。

ちゅぱぴちゃちゅちゅっぱっと卑猥《ひわい》な水音と鼻息だけが室内に響いていた。

三分ほどキスを交わしていた大樹と真理であったが……どちらともなく唇を離した。大樹と真理との間には唾液《だえき》の糸がひいた。

大樹と真理は見つめ合ったまま、体を離し……肩で息をする。

大樹に変わった様子はないが、真理は頬を赤くして……上気しているようだった。

大樹は真理の肩に触れる。

「じゃあ、服を脱いでいこうか？」

「……うん」

真理がボーっとした様子で、自分の唇を指でなぞっていた。

大樹は申し訳なさそうに頬をポリポリと掻く。

「俺が脱がしてやりたいところなんだけど……ブラの外し方とか難しくて、ごめん」

「ううん、気にしないで」

大樹と真理にいそいそと服を脱ぎ始めた。

大樹と真理が服を脱ぎ終えると、大樹は真理のある部分を目にして驚愕《きょうがく》の表情を浮かべる。

「分かっていたけど……胸が大きい。すごく大きい」

「えっと、恥ずかしいなぁ」

真理は頬を赤くして、両手で零《こぼ》れそうなほどの胸を隠した。盛大にはみ出して隠しきれていないが。

「ごめん。けど隠していたら、その……セックスができないから」

「そ、そうだよねぇ」

真理は俯《うつむ》いた。少しの間の後、胸を隠していた手を下ろす。

「胸に触るね。良いかな?」

「うん……ひゃん」

大樹がゴクンと喉《のど》を鳴らし、その大きな胸へと手を伸ばし……触れる。

「柔らか……嘘だろ」

指が埋もれ……搗《つ》き立てのお餅《もち》のように柔らかい。大樹は少し黙って、胸を揉《も》んでいく。

真理は悶《もだ》えるよう、小さく喘《あえ》ぎ声を上げる。

「あ……ぅ……あぁ……んっ……あんっ……あっうぅ……あぁ……っ……あんっ……あっあ……うぅ……あぁ……んっ……あんっ……ああっうぅ……ああぁ……んっ……あんっ……ああっ」

「……」

大樹は黙って……胸に夢中になっていた。

十分ほど、大樹は胸をひたすら揉み弄《いじ》っていた。ただ、真理に肩を掴《つか》まれたところで、我に返って手の動きを止める。

「大樹君……んっあん……そろそろ胸はぁ」

「あ、夢中になってしまった。ごめん」

「あん、ううん……」

「ごめん。真理さんはセックスが気持ちよくないんだよね？」

「あ……うん、そうなの」

「今のは気持ちよくなかった？」

「……気持ちよかった。すごく」

真理は恥ずかしかったのか、消え入りそうな声で答えた。次いで体を捩《よじ》らせて視線を逸《そ》らす。

大樹は少し考える仕草を見せて。

「そう、不感症ということはないのか。それとも……今度は下に触れてもいい？」

「……うん」

真理は体を強張らせて、頷《うなず》いた。

「そんな固くならず、少し足を開いて」

「う、うん」

大樹は、開かれた足の間の前にしゃがみ込んだ。開かれた足の間からは、濃厚な雌《めす》の匂《にお》いがモワッと漂ってくる。

シーツにシミができるほどに、真理のヴァギナは濡れていた。びしょ濡れだった。

「……」

「あ、あまり見ないでぇ。恥ずかしいの」

「十分に濡れていると思うが愛撫《あいぶ》……クンニするよ？　いきなり入れたから気持ちよくなれなかったのかも知れん」

「クンニ？」

「そう」

大樹は真理のヴァギナに顔を近づけて、舌を伸ばして……大陰唇……小陰唇となぞるように舐《な》め始める。

真理は顔を真っ赤にして、大樹の頭を掴む。

「え、あ、そんな……あんぅ。まって。まって……そこは汚いよぉ」

「ちゅっ。え？　さっき自分のところでシャワー浴びていたでしょ」

「そ、それでも……あん。あっ！」

真理が首を勢いよく振った。堰《せき》を切ったように喘ぎ声が大きくなる。

ただ、嫌がっているというわけではないようだ。

摑んでいる大樹の頭を……押しのけることなく、逆に押し付けているのだから。

大樹は真理の喘ぎ声を聞きながら、クンニを続け……膣口に舌を突き入れて、かき回していく。

「ちゅぱ……じゅう」

「あっ……ああ……あんっ……あぁ！　これ……あんっこんなの知らないよぉ！」

「じゅうぅ……ちゅ」

大樹がヴァギナから口を離した。

真理は潤んだ瞳で、口を半開きにして大樹を見る。

「はぁんっ」

「今度は指を入れていくから……気持ち良いところだったら教えてくれ」

「う、うん」

「じゃあ」

大樹が人差し指を膣口へと入れていく。膣内にはなんの抵抗もなく呑《の》み込まれていく。

「うあ……あんっ」

「行くよ」

大樹は人差し指で膣口へ入れる角度を変えたり、速度を変えたりしながらピストン運動を始めた。

真理は悶えて、指の動きに合わせて喘ぎ声を漏《も》らす。

「あんあっ……うぅ……あぁ……あんっ……あああっうぅ……あぁ……んっ……あんっ……あっあ……うぅ……あぁんっ……あんっ……あぁ……あぁ……そこっ、あんっ……あんっ……あああっ！　そこ……あんそこがぁ」

「ここ？」

「ああぅ！　そこぉぉ。凄《すご》く気持ちいい。こんなのオナニーでもないっ！」

「奥の方だね。真理さんの指では届かないのかな？」

「ああっ！　そうなん……何かああん来る！」

「そう？　じゃあ……とりあえず一回イッとこうか」

大樹は真理の感じるところが分かってきたところで、膣内に入れていた指を二本に増やした。

更に、真理のヴァギナに顔を近づけ……クリトリスを舌で舐める。

「あんっ！　あっクリ……ダメっ！　ひぐっ！　あっああああああっ！」

真理が体をビクッビクビクとイッて……足を上げ、ピンっと伸ばした。

大樹は真理の様子を見ながら、体を離して顎《あご》に手を当てる。

「……感じるところは奥の方だけど、感度はいいよぉ。これで気持ちよくならなかったのは緊張しすぎか、愛撫が足りなかったのかな?」

徐々に真理の震えが収まっていき脱力していった。

大樹は真理を……いわゆるお姫様抱っこで抱え上げる。

「よっと」

「え……あっ」

真理が突然お姫様抱っこされたことに、驚き……目を白黒させた。

「あ、いきなりごめん」

「いえ、大丈夫っ」

大樹は真理をベッドの真ん中へと降ろし寝かせる。枕元に置かれた箱からコンドームを一つ取り出して真理の正面に移動する。

「ごめん。そろそろ俺も限界だわ」

「わぁ……大きい」

真理が視線を下げて、初めて直視した大樹のいきり立っているペニス。その大きさに驚き、若干《じゃっかん》顔を引き攣《つ》らせる。

大樹のペニスは平均をかなり上回る二十五センチ、太さは真理の手首ほど。

大樹は誇らしげに。

「そう？　ありがとう」

「は、入るかなぁ……」

「それは大丈夫でしょ。葵も最初は苦しそうだったけど、すぐに慣れたし」

「そ、そうなんだ」

「大きい分……コンドームにちょっと入れにくいんだけどねぇ……」

「待って」

大樹がコンドームの袋を破り、ペニスに付けようとしたところで……真理は大樹へと手を伸ばして止めた。

「私が付けてあげるから」

「そう？」

大樹がベッドで体を起こした。コンドームを差し出す。

真理はコンドームを受け取ると這《は》うようにして、ペニスへと近づいた。ペニスに手を伸ばして触れる。

「うわー大きい。私の指が届かない。それに固い……これって何かの病気じゃないよねぇ？」

「びょ、病気？　チンコが大きくなる病気って聞いたことないけど」

「そっか。そうだよねぇ」

真理はペニスに顔を近づけ、まじまじと観察し始めた。

顔を赤くし、徐々に鼻息が荒くなっていく。

「はぁ……はぁ……ゴクン。臭《くさ》いけど……何かドキドキする匂いだぁ」

熱に冒されたような表情を浮かべた真理はスンスンと鼻を動かした。

内股《うちまた》となって太ももをすり合わせる。

大樹が『臭いなら嗅《か》がなきゃいいのに』と内心で考えていると、真理の冷たい手がペニスに触れられる。その感触にビクンッと体を震わせる。

真理は唾液《だえき》をペニスに垂らす。

「あー……ちょっと動かすねぇ」

ぐちゃぐっちゃ……と音を響かせながら右手でペニスを上下に扱《しご》き始めた。

真理にペニスを扱かれる快感に耐えるように、大樹は小さく声を漏らす。

「う……ぁ……んっ」

「我慢しなくてもいいよ？　ちゅうれろれろ」

真理がペニスを扱きながら、亀頭にキスして舌で舐めまわした。

大樹は苦し気な表情を浮かべて。

「ぐ……う……う」

っと垂らす。

「すごい。彼は大体ここでイッちゃうのにぃ。じゃあ、胸で」

真理が右手を止めて、胸の谷間にペニスを挟んだ。胸の谷間から覗《のぞ》く亀頭へと唾液をダラー
真理の胸にペニスが包まれた。その感覚に大樹は驚きの声を上げる。

「や、柔らかい。これってパイズリ？」

「そうだよ。本で勉強を……ただ実践《じっせん》は初めてだから上手《うま》くできるか分からないけど」

真理がペニスを挟んだ胸を上下に動かし始めた。

大樹は布団を強く摑《つか》んで、耐える。

苦しい。苦しいが……このパイズリを一瞬でも長く味わいたかった。

「ぐあ、なんだ……この包まれている感じ、なんて気持ちいいぃ。気持ちよすぎる」

「そんなにぃ？」

「うっぐぐぅパイズリがこんな気持ちいいなんて……駄目だ。もう……もう」

「そう？　うんしょ、私の胸の中で出して。出してぇ」

真理は射精を促すように胸を動かす動作を更に速くした。

大樹が「ぐあっ」と小さく声を漏らして体を震わせる。

それと、ほぼ同時にビシッと真理の胸の中で音が響き……真理の谷間が精液でべとべとにな

るまで精子を射精していた。

「はぁはぁはぁ」

大樹が我慢に我慢を重ねての射精後、脱力して射精の余韻《よいん》に浸っていた。

真理はベトベトになった胸をティッシュでふき取りながら、大樹の顔を覗き込む。

「どうだったぁ？」

「うん。おっぱい、最強だったわ」

「そっかぁ。初めてしたけど、そんな喜んでもらえてよかったよ。あ……コンドーム付けるつもりが、フェラしちゃったぁ」

「俺も途中思っていたけど……パイズリは止められなかったよ。うん」

「けど、一度射精したらセックスできなくなっちゃうよねぇ？」

「え、どうして？」

「だって、一回したら小さくなっちゃうでしょう？」

「あぁ、その辺は大丈夫、葵に鍛えられているから」

「え？」

真理が大樹の下半身へと視線を向けると……射精したばかりだというのに先ほどと変わらないほどに勃起《ぼっき》しているペニスがそこにあった。

自身の目を疑って、大樹のペニスへと手を伸ばす。

「ええ、固い……なんで？」

「だからね。横になって……いや、真理さんの気持ちいいところに当てるなら……後ろからが良いかな？　四《よ》つん這《ば》いになってくれる？」

「四つん這い……初めて。恥ずかしいのかな？」

「そうなんだ。彼氏さんとは正常位だけ？　性行為に対して本当に淡泊《たんぱく》なのかな？　まぁ、コンドームのストックはいっぱいあるし。気軽な感じで試しにやってみようよ。気持ちよかったら、彼氏さんとやったらいい」

「う、うん」

真理が恥ずかしそうに、ベッドの上で四つん這いの体勢になった。

大樹はペニスにコンドームを付けると真理の後ろに回り込む。

「おー大洪水だ」

「恥ずかしい……言わないでぇ」

真理が赤くした顔をベッドにうずめた。

大樹は悪戯心《いたずらごころ》が疼《うず》き……悪戯な笑みを浮かべていた。無意識だろうが男を誘惑するように揺れる真理のお尻に触れる。

「あ、お尻の穴がキュウってなった」

「きゃあ！　やめて！　やめて！　そっちは見ないでぇ！」

お尻を隠さんと手を伸ばそうとする真理を、大樹が止める。

「まぁまぁ。これからセックスするんだし」

「それとこれとは別だよぉ。離してぇ」

「隠しながらだと、セックスなんてできないけど？」

「ううぅーこの体位、絶対に彼とはしない」

「ごめん。ごめん。ちょっと意地悪しすぎた」

大樹が真理の手を離した。濡れたヴァギナにコンドームの付けたペニスを擦り付ける。

「あんっ……あん、どうしたの？」

「いや、一応……コンドームの滑りを良くしようと。本当はローションとかでやるんだけどないし」

「う、そうなぁ……あん……んっ」

大樹はペニスをヴァギナに擦りつけていった。

ヴァギナからはポタポタと愛液が落ちて……コンドームが愛液で濡れていく。

「そろそろ挿《い》れようかな」

「う、うん」

　真理が後ろに視線を向けて、小さく頷《うなず》いた。

　大樹はペニスを持って、亀頭をヴァギナの膣口へと押し当てる。

　先ほどの指と同様にペニスも呑《の》み込んでいく。

「きっつ」

　亀頭を入れただけ、それでも真理は今まで感じたことのない圧迫感を感じていた。苦し気な表情で俯《うつむ》く。

「ううぅー……やっぱり大きいぃ」

「っ、真理さんって処女じゃないですよね？　キツすぎるような」

　ペニスを押し込んでいる大樹もあまりの膣内のキツさに思わず確認してしまうほど……真理の膣内は狭く、ペニスを締め付けていた。

「うー違うぅ。大樹君のが大きすぎるのぉ。はあぁ。んんっ……どこまで入ってくるの」

「まだ半分……奥は更にキツい」

「くぅー。う、嘘でしょ？」

「ぐぐぐ」

　大樹の亀頭は真理の子宮口を押し……更に子宮を押し上げた。

子宮を押し上げられるという初めての感覚に、真理は目を大きく見開く。

「っ！」

「ふう、奥までいけたみたいだ」

「あぁうーなんかすごい……ごめん。ちょっと動かないで」

「実を言うと、今動いたら出ちゃいそうだから……ゆっくりいこう」

「ありがとう……んっ」

「おっぱい……また触っていいかな？」

「んっ大樹君は本当に胸が好きだねぇ」

「そりゃおっぱいは男のロマンが詰まっているんだ。仕方ない」

「んっんっ話している時とかも、視線がたまに向くものねぇ」

「気付いていたのか……。もういいや、それでおっぱいに触っていいかな？」

「ううん、もう動いていいよ。話していたら少しは慣れてきたから」

「ええ」

「後で触ってくれていい。だから、今は動いて。話していたら……今度は膣《なか》がムズムズしてきたのぉ」

「そういうことならいいか」

大樹が腰をグイッと前に押し込む。すると、亀頭が子宮口にグリグリと押し当たる。

真理はその感覚に、苦し気に息を吐く。

「かはっ！」

「どう？　これやると葵は気持ちよさそうにするんだけど、気持ちよくない？」

「よく分からないよぉ。ずんっと感じたことがない衝撃があって……」

「んー何か違うのかな？　まぁ、とりあえずゆっくり動くか」

大樹が腰を前後にピストン運動を始めた。

真理は下を向いて、ベッドに顔を押し付けて、途切れ途切れに声を漏《も》らす。

「うぅ……んっ……う……ん……あっ……気持ち……いい？　んんっ……うぅ……あぁ……よく分からなく……あっああ……うぅ……あぁ」

喘《あえ》ぎ声は大樹が腰を突き上げる度《たび》に、大きなものになっていった。実際、真理に加わる快楽の波は大きくなっていく。

真理の喘ぎ声が大きくなっていくのに合わせて、大樹はピストン運動を速くしていく。

「ふぅっ！　どう？　気持ちよくない？」

「こんなのああっうぅ……知らないあぁあ……あんっ……あっあぁぁ……ああっ……気持ちいぃ……あんっあっ……んっ……あんっああぅ……ああぁあんっあんっ……ああああんっああ

っ！　き、気持ちいい。気持ちいいよ。こんなっあん」

「ぐうっそれは良かった……。ぐう、これは……一度射精してなかったら、すぐにイッてたかも。よかった。ぐっ！　そういえば……さっき気持ちいいって言っていた場所はここだったかな？」

大樹がペニスを下から抉《えぐ》るように、腰を強く押し付けた。

対して真理は「あああああぁ！」っと声を漏らした。顔をベッドに押し付けて、ビクンッビクンッと体を震わせる。

「ぐう、膣内が吸い付くように動いて……」

膣内が収縮してペニスが締め付けられて……射精を促してきた。

なんとか射精を耐えると、真理へと視線を向ける。

「……もしかしてイッた？」

「……うん」

恥ずかしいのだろう、真理が消え入りそうなほどに小さな声で返事してきた。

大樹は苦笑して。

「悪いんだが。俺はまだイッてないからな、頑張ってくれ」

「んっ。えっ……あぁ……待って……今イッているから、待ってぇ」

「ごめん。待てない」

「あんっ！」

大樹は手を伸ばして、真理の二の腕を摑《つか》んだ。真理の体を起こして腰を動かし始める。

それから一時間、様々な体位を試しつつセックスをした。枕元には使用済みのコンドームが二つほど並んでいた。

真理は唾液《だえき》をまき散らしながら、叫ぶ。

「あんっ！　あああ！　お願いぃ！　待っれ！　待っれ！」

制止を願っても、大樹は変わらず、腰を振り続けていた。

「あっん。き、気持ちが良すぎて……イキ過ぎて頭がおかしくなっちゃう！　おかしくなっちゃうよぉ！」

「もう少しで俺もイクから……我慢して」

「あああああああぁー！」

真理は跳ねるようにガクガクッと体を震わせた。真理の膣内が大樹のペニスを圧《お》し潰すがごとく、締め付ける。

「ぐっ！　イク」

大樹は苦悶《くもん》の表情を浮かべた。

ペニスがビクンビクンと震えて、射精……大量の精液がコンドームに溜まって膨《ふく》らんだ。

真理も射精の勢いが子宮に伝わって……再びビクンビクンと体を震わせ、脱力する。

「あぁー……ぐあっ！」

「ふうぅー」

大樹は息を吐いて、真理のヴァギナからペニスを引き抜いた。

手慣れた感じで、ペニスからコンドームを外して口を縛《しば》り……枕元に置く。

新しいコンドームを取ろうと箱に手を伸ばしたところで……横から出てきた手に掴まれる。

「ん？　葵、戻ってきていたのか」

「うん。ちょっと前からいたけど、全然気付いてくれなかった」

「ところで……なんで止めた？」

「大樹……。今、続きしようとしているでしょう？」

「？　そりゃ、セックスの途中だし……」

「大樹はまだヤレても、真理さんがもう気絶しちゃっているから」

大樹は葵の指摘で、真理の顔へと視線を向けた。真理は体を小刻みに動かすのみで、顔をトロンとさせて意識を失っていた。

「え？　あ……本当だ。まだまだこれからなのに」

大樹が真理の横顔をまじまじと見て、心底不思議そうな表情を浮かべた。

葵はヤレヤレといった呆《あき》れた様子で。

「バカなの？　いきなり私と同じ感じでやったら、セックスに慣れてない女の子はこうなっちゃうわよ」

「そうなのか。それは悪いことした」

大樹はうつ伏せになっていた真理を仰向《あおむ》けにして寝かせ、布団をかけた。ベッドから離れてシャワーを浴びに行こうとしたところで……大樹の腕が再び葵によって掴まれる。

「ちょっと、どこ行くの？」

「？　シャワーだけど……」

「二人のセックスを見てムラムラしているんだから、私の相手して」

「ムラムラって……。葵、寝取らせにでも目覚めたのか？」

「ち、違うから」

「はぁ我慢できない……。あ、生でやっちゃう？　コンドームなんてまどろっこしいよね？」

葵が新しいコンドームを見せながら、思惑ありげな笑みを浮かべた。

「っ！　葵のことは愛しているし。葵の子供は欲しいけど、まだ学生だろ？　ちゃんと責任を取るために社会人になるまで待ってくれ」

「そう？　早い方がいいと聞くんだけどなぁー」

大樹の答えにまんざらでもない笑みを浮かべた葵は手早くコンドームをペニスへと付ける。

大樹へと熱っぽい視線を向けて、穿《は》いていたスカートをたくし上げた。

ショーツのクロッチ部分をずらして……ヴァギナを見せる。

ヴァギナは濡れていて、光っていた。

「じゃあ、子作りの練習……しよ？」

「っ！」

大樹が何かに操られているように動き、葵へと近づき……キスをした。

大樹と葵は見つめ合った。

「……持ち上げるぞ」

「うん」

葵に確認すると、大樹は葵の足の間に手を入れて、体をひょいっと持ち上げる。

葵は大樹の肩に右手を置いて、左手をペニスへ。

ペニスは勃起《ぼっき》して亀頭もパンパンに膨れ上がっている。

自身のヴァギナの膣口にあたるようにペニスの位置を調節する。

「いいよ。降ろして……お願い」

「あぁ行くぞ」

大樹が体位で言うと駅弁スタイルで、葵の体を降ろしていき、ヴァギナへとペニスを入れる。

なんの抵抗もなく……いや、むしろヴァギナがペニスに吸い付いてきた。

ペニスが膣内に入ってきて葵は歓喜の声を漏らす。

「あんっ。きたぁー」

「っすごい吸い付き……。そして、いつもよりも熱い」

大樹が吸い付くように動く膣内の具合に、苦し気な表情を浮かべた。

それでも揺さぶるように腰を上下に動かし、更に葵の体も上下させる。

葵は体を揺らしながら、喘ぎ声を漏らす。

「あぁ。チンコのエラが気持ちいいとこを抉るぅ……んっあんっ……あっうぅ……あんっ……

ぅう……んっあんっ」

「……ふぅっ！　ふぅっ！　ふぅっ！」

「あぁ……んっ、あんっあ……んっ、あっっんんうぁ」

大樹の腰の動きは徐々に速くなっていき、葵の喘ぎ声も大きくなっていった。

その時、動かなくなっていた真理が復活し、ベッドから起きた。大樹に後ろから抱き付く。

真理の豊満で柔らかな胸が大樹の背中で圧《お》し潰される。

大樹には幸せな感触が伝わってきて。

「ぐっ、真理さん？」

「ほらほら、大樹君の大好きな胸よぉ」

「幸せである」

「……ちゅう」

真理が大樹の背中にキスをした。次いで手を大樹の胸へと回して、乳首を弄《いじ》り始める。

大樹は乳首からの快感に戸惑うような声を上げる。

「ぐっ！」

葵は感じつつも、悪戯《いたずら》な笑みを浮かべた。

「んっ。あはっ……大樹も乳首が弱いもんね」

「ぐっ……ちが」

大樹が悔《くや》し気に顔を歪めて、否定しようとした。ただ、それを制するように葵は手を伸ばして、大樹の両頬《りょうほお》に触れる。

「はんっ！　……けど、今セックスしているのは私なんだからこっちを見て。あんっ！」

「悪い」

「あぁんっ！　分かればよろしいぃはんっ！」

大樹は腰の動きを速め出した。

「そろそろ……ピッチを速くするぞ」

葵は黒い髪を振り乱し、喘《あえ》ぎ声を大きくする。

「あっいきなり激しすぎっ！　ああああぁんっ！」

「葵、そろそろいくっ」

「い、大樹一緒に！　あんっ！　出してぇあああああぁっ！」

大樹は腰を突き上げた。パンと肌と肌とがぶつかる音が一際《ひときわ》大きく響く。

亀頭で子宮を押し上げて、射精した。葵の子宮全体が圧迫される。

葵が体をしならせて。

「ひぐぅんんんんんん」

痙攣《けいれん》するようにビクンッビクンッと体を震わせるのだった。

それから大樹と葵、真理とはめちゃくちゃセックスをした。


三時間後。

アパートの大樹の部屋には、大樹と真理の二人がいた。

ちなみに葵はじゃんけんに負けて、コンビニへ食料を買い出しに行っている。

シーツを替えていた真理がベッドから降りて、大樹へと視線を向ける。

「じゃあ、一旦部屋に戻るねぇ」

「大丈夫?」

大樹が心配そうに問いかけると、真理は「もう。大樹君が激しすぎるからぁ」と呟《つぶや》く。

口では文句を言いつつも、表情には怒っている様子はなかった。

残念ながら鈍感な大樹にそこら辺の女性の機微は分からない。

大樹は申し訳なさそうに。

「ごめんて……加減ができなくて悪かった」

「ふふ。大丈夫、もう歩けるくらいになったよぉ」

「それなら、良かった」

真理はぎこちなく歩いていき、キッチンとリビングの間の扉まで来たところで立ち止まった。

「それで……それでなんだけど」

「どうした?」

大樹の問いかけに真理は振り返った。ニコリと笑ってみせる。

「私……セックスについてまだ分からないことがあるから、また教えてくれないかな?」

四話　真理の変化していく日常。

五月下旬《げじゅん》。

ここは企業オフィスをいくつも有する高層ビルの一室。

何台ものパソコンが並んでいて、スーツを着た男性や女性が仕事をしていた。

その中でパーテーションに囲まれたスペースで、真理《まり》を含めた数人が集まって何やら会議を行っている。

「この商品、デザイン性は良いが。もう少し安く発注できないのか？　このままでは、お客様が手を出せん」

「デザインはままですか？」

「もちろん」

「発注個数を見直せば多少どうにかなると思いますが」

「個数もままで」

「……それは、もはや業者から選び直す必要があるでしょうね。ただ今の業者には頑張ってもらいましたから」

このような会議が行われていた。

ただ真理はというと、どこか上の空……たまに頬を赤くしたりして、会議に集中できていないようだった。

「……」

「神楽さん。神楽さん。神楽さん」

「あっ。すみません……きゃ!!」

真理はハッとした表情を浮かべて、持っていた資料をバラバラと落としてしまう。

そして、床に落としてしまった資料を集めようとその場にしゃがんだ。

この時、周りの男性達の視線は真理の豊満な胸、太ももへと向けられていた。鼻の下を伸ばしてゴクンと喉《のど》を鳴らす。

女性達はそんな男性達を蔑視《べっし》していた。

一人の女性が咳払《せきばら》いをして。

「おほん。神楽さん、体調でも悪いのですか?」

真理は資料を手に立ち上がり、首を横に振って。

「すみません。体調は……悪くないですぅ」

「無理はよくありませんよ?」

「はぁい。大丈夫です」

「そうですか。でしたら、次は神楽さんの番ですよ。プレゼン」

「あっはい……」

真理が慌てて、資料片手にプレゼンを開始した。

それから会議は二時間ほど続いた。

会議が終わって参加していた人達が離れていく中で、真理は肩の力を抜き、息を吐いた。

長髪の女性が近づいてきて、真理の肩をポンと叩く。

「神楽さん、ちょっと良いですか」

「は、はい。部長」

「貴女《あなた》のプレゼン、良かったですよ。それで……こちらの」

真理と長髪の女性……部長が話しているのを横目に、会議に参加していた三十代前半の男性三人組が、オフィスから出ていく。

喫煙所《きつえんじょ》と書かれた部屋に入ったところで、小太りの男性が口を開く。

「はぁ。神楽さん、いいよなぁ」

短髪の男性が煙草《たばこ》に火を付けつつ、同意するように頷《うなず》いた。

「天然ぽいけど可愛《かわい》いし。気が利《き》くし。おっとりしてそうだけど仕事できるし……何より」

「「おっぱいが最高」」

小太りの男性と短髪の男性が重ねて声を上げた。

小太りの男性がニタニタといやらしい笑みを浮かべて、両手をグーパーグーパーと握る仕草を見せた。

「アレは、夜が楽しみになるだろうなぁ」

短髪の男性は煙草を咥《くわ》えた。

「あんないい女、付き合えるとは思わん。一度で良いから揉《も》ませてくれねぇかなぁ」

「駄目だ。神楽さんは俺が付き合うんだ」

「はぁん。てめぇ、自分の外見を考えろよ。デブ」

「僕はぽっちゃり系だ！」

「いや、ぽっちゃりでも無理。お前が付き合えるなら、俺がすでに付き合えてんだろう」

「あんだと。神楽さんは僕のだ」

「お前は十八禁動画でも見て我慢しておけって。以前、十八禁動画の投稿サイト……そう、『Dtube《ディーチューブ》』に推しがいるって鼻息荒く言ってたろう？」

「ヒナヒナは地下アイドル時代からのファンで推しだけど。僕はリアルが欲しい」

短髪の男性と小太りの男性が口論していると……。

眼鏡《めがね》をかけた男性が煙草を吸い、白い煙を吐いた。やれやれといった様子で口を開く。

「あぁ。神楽さんって……一流企業で働いてるエリートのイケメンと付き合っているって聞いているけどね」

小太りの男性は驚きの表情を浮かべた。眼鏡をかけた男性の肩をガシッと摑《つか》む。

「あぁん。なんだ!?　それは」

「あ、あぁ。俺の彼女が言っていた」

「う、嘘だぁあああああ」

小太りの男性が絶叫を上げて跪《ひざまず》いた。

短髪の男性と眼鏡をかけた男性は小太りの男性を見下ろして、小さくため息を吐いた。

眼鏡をかけた男性は思い出したように顎《あご》に触れる。

「その神楽さんだけど……昨日と今日、様子おかしくなかった？　なんか思い悩んでいる感じ」

短髪の男性は思い出したように視線を上げる。

「あーあ。そういえばなぁ」

「ハハ、もしかして彼氏と上手《うま》くいってないかも？」

「マジか。相談に乗る感じで、俺もアピってみるかな?」

「上手くいくか?　神楽さんっておっとりしている感じだけど、意外とガード固いでしょう」

「確かに……飲み会とかも一次会ですぐに帰っちゃうしなぁ。そうだ」

短髪の男性が何か思い付いたのかニヤリと笑った。

眼鏡をかけた男性の肩を抱いて続ける。

「お前の彼女って……神楽さんと仲良かったよな?　もし、神楽さんが彼氏と上手くいってないなら、いろいろセッティングしてくれん?」

眼鏡をかけた男性は考える仕草を見せた後で。

「んーん。彼女に頼まないとだし。それなりの……」

「分かった。日本最大級の遊園地『スパランド』の入場券二枚でどうだ?」

「……新幹線代もあると良いた」

「ぐっ分かった。良いだろう」

短髪の男性と眼鏡をかけた男性とは固い握手を交わすのだった。

会議を終えた真理が足早にオフィスから出てきた。

男性達は一様に揺れる真理の胸を凝視する。

そんな周りを気にすることなく、歩いていくと……トイレに入っていった。

トイレの個室に入ると、そのまま閉めた扉に体を預けて、熱っぽい吐息を漏《も》らす。

「はぁ……はぁ……はぁ……はぁ……」

真理は熱に浮かされたように、頬《ほお》を赤くし、瞳を潤ませていた。

少しの間の後で、真理はモゾモゾと動きだした。

シャツのボタンを外し、豊満な胸を左手で揉みしだく。

殺した声が小さく漏れる。

「っ……あっ……ぅっ！」

スーツのスカートのファスナーを下ろし……そこから右手を差し込む。

ヴァギナを撫《な》でるように触れる。

「んっ」

右手を出すと……指先は粘度が高くて白みを帯びた愛液で濡れていた。

「はぁ……はぁ……すごい濡れている」

真理はトロンとした表情になった。右手を再びスカートの中に差し入れて、ヴァギナを弄《いじ》り始める。

「あぁ……ん……っ！　駄目ぇっ！　あ！」

真理は、ヴァギナから押し寄せる快感に体を震わせた。

徐々にヴァギナを動き回る指の動きが速くなっていく。

声を我慢し……苦し気に顔を左右に揺らす。

「んんっ……駄目っ。駄目なのにぃ……んっ」

指で若干《じゃっかん》膨《ふく》らんでいたクリトリスを押し上げた。

体を強張《こわば》らせる。咄嗟《とっさ》に左手で口を塞《ふさ》ぐ。

「んんんっ!!」

イッて……苦し気な声を漏らした後、肩で呼吸するだけで動けなかった。

「はぁはぁはぁ」

その時、個室の扉がノックされた。

真理は我に返ったように目を見開き、答える。

「は、はーいぃ」

「えっと。大丈夫ですか？　苦しそうな声が聞こえましたが」

「……大丈夫です」

真理は恥ずかしそうに顔を真っ赤にさせて、心配してくれた女性に静かに答えた。

便座に座って俯《うつむ》き……周りから人がいなくなるまで息を殺して待っていた。

五分ほどして、トイレットペーパーへと手を伸ばす。

「私、朝からムラムラしていたとはいえ……会社で何をしているんだろう。三日間、仕事が忙しくて大樹《たいき》君とセックスしなかっただけなのに私って……こんな変態だったのかなぁ？」

自己嫌悪しつつトイレットペーパーで、愛液で濡れた指とヴァギナを拭いた。

小さくため息を吐いて、立ち上がる。

「はぁ。最近、和馬《かずま》君のことを考える時間が減ったな。こんな……気持ちのまま付き合っていくのは駄目だよねぇ」

五話　真理の迷いと決断と。

六月上旬《じょうじゅん》。

ここは大樹《たいき》が暮らしているアパートの部屋。

六畳《じょう》一間の部屋には不釣り合いな大きなクィーンベッドの上で大樹、葵《あおい》、真理《まり》が全裸でまぐわっていた。

「ふぅっ！　ふぅっ！　ふぅっ！」

大樹が正常位の真理に対して腰を振っていた。

真理のヴァギナにペニスが突き入れられるたびに、肌と肌がぶつかるパンッという音と粘着性のあるヌチャッという水音が響く。

「あんっ！　あんっ！　あぁぁあぁ！」

「大樹……真理さんは、大学生の私達と違って明日も会社があるんだから、もう少し手加減してあげないと……ちゅちゅうぅっ」

葵が大樹の体に抱き付き、右乳首にはキスし、左乳首には長く細い指で弄っていた。

大樹は苦悶《くもん》の表情を浮かべて、腰の動きが遅くなる。

「ぐぅ。葵、それヤバいって」

「ふふ。焦らされている感じはあるけど。真理さんと3Pなら、前衛と後衛に分けられて……魔王に対抗できるのは良いわね」

「くぅ、魔王って誰のことだ？」

「色欲魔の方がよかった？　ちゅうぅ」

「それヤバいってぐぅううう……イクぞ」

大樹がパンッと一際《ひときわ》強く腰を突き出した。金髪の女……真理は自身のヴァギナに深々とペニスが突き入れられて目を見開き、更に大きく喘《あえ》ぎ声を上げる。

「あああぁあぁあああああぁあぁああっ！」

ペニスから激しく射精された精液はコンドームに阻《はば》まれるも、射精の勢いが真理の子宮に伝わる。

真理は顔を上気させて……目はうつろ、口を半開きにし、ビクンッビクンッと大きく体を震わせる。

「あっぁあ」

「ふう」

大樹が息を吐いて、ペニスをヴァギナからずるりと引き抜いた。

そこに、横にいた葵から手が伸びる。大量の精液の溜まったコンドームを外す。

「次は私の番だよね」

「ちょっと待って。四回目……さすがにちょっと少し休ませて」

疲労感と驚きの表情を浮かべた大樹が、葵へと視線を向ける。

「ダーメ」

「え、えぇ」

それから、大樹、葵、真理の三人は、ベッドがびちゃびちゃになるまでセックスを続けた。


二時間後。

ベッドでは葵と真理の二人が大樹の大きなTシャツを着て、仰向《あおむ》けで並び横になっていた。

ちなみに大樹はジャンケンに負けて、食料とコンドームを買いに出ていた。

葵は足をパタパタと軽く動かし考える仕草を見せた後で、口を開く。

「ふーん。真理さんは彼氏さんとどうなりたいの？」

「どうなりたいかぁ。よく分からなくなってきちゃって」

「彼氏さん、浮気しているぽいって、言ってたよね?」

「それは……確証はないから」

「……んーん。浮気相手は前に話していた、彼氏さんと一緒に歩いていた女の子じゃないの? その子のことは聞いたの?」

「聞いてない。怖くて」

「そうなんだ。真理さんの話を聞く限り彼氏さん。大企業様で働くエリート……そして写真を見る限りイケメンで、人がいい感じだよね? 女の子側からグイグイ来ているだけの可能性が高いけど。それならスマホを見るのが手っ取り早いって……履歴《りれき》を消しているかも知れないね。そもそもパスワードをかけているか」

「私の彼……そこまでしているかなぁ」

「履歴を消すまでかは分からないけど、パスワードをかけるくらい普通でしょう?」

「そうなの?」

「そうだよ。真理さんもかけた方がいいよ? スマホをなくした時に困っちゃうよ? 個人情報がだだ漏《も》れ」

「……後でやり方教えて」

「いいよ。まぁ、彼氏さんがなんかしらパスワードをかけても……最近は顔認証や指紋認証があるから、睡眠薬で眠らせた後に指や顔で解除できるか。そうすれば、今度は見守りアプリとか見えないように入れるだけ」

「な、なんとかやってみるよ。うん」

真理が若干《じゃっかん》顔を引きつらせ、起き上がった。ペットボトルを取って水を一口飲む。

「私もちょうだい」

「どうぞ」

真理は一口飲んだペットボトルをそのまま、葵に渡した。

「ありがとう。彼氏さんが浮気していたら、おあいこなのにね」

葵が水を飲みながら、ニヤリと笑みを浮かべた。対して真理は顔を両手で覆《おお》って、ため息を漏らす。

「はぁ。二、三回までにするつもりが……ずるずると三週間ほぼ毎日」

「うん。セックスを教えるまでは良かったんだけど。ずいぶんと熱心な予習復習だった。まあ、私は七日目あたりから、真理さんはずるずると続いちゃうのかなってちょっと焦っていた」

「え、そうなのぉ？」

「だって、すごく気持ちよさそうに自ら腰を振っていたし、どう見ても大樹とのセックスにドハマりしていた」

「うっ」

「そもそも、真理さんにセックスを教える必要なくて……どちらかというと彼氏さんにセックスの仕方を教える方がよかったんだろうね。真理さんがセックスで感じなかった根本的な理由は彼氏さんのやるセックスが気持ちよくなかっただけだもん。まぁ、彼氏さんにセックスのやり方を教えたとして真理さんを満足させられたのかは別問題として」

「……」

「大樹とセックスをしてから三週間にもなると……セックスを教えるという大義名分《たいぎめいぶん》も立たない。これ以上は彼氏さんに悪いから、真理さんにはそろそろ決断してほしいな」

「……どうしたらいいのかなぁ。両方とも失いたくないと考えてしまう、私って最低」

「完全な人間なんていないからね。んー……とりあえず大樹から離れてみたら？　冷静に彼氏さんとの関係をどうするか考えた方がいいよ。大樹との関係は私が許可している分、気軽に復活できるけど、彼氏さんとの関係はそうはいかないし。もしかしたら、一生を誓い合う人になるかも知れないんだから」

「そうだね。そうしよう……かな」

「じゃあ。明日から大樹とのセックスはお休みだね。……大樹とのセックスができない禁断症状が出るかもだけど、一カ月もすると抜けると思うから頑張って耐えてね」

「……う、うん。頑張って耐えるよ。彼といろいろ話すためにも……ゴールデンウィークに彼が忙しくて行けなかった旅行をもう一度計画しようかなぁ」

「それがいいよ」

葵がウンウンと頷《うなず》いた。そこで何か思い付いたのか。唇に指を当てて、悪戯《いたずら》な笑みを浮かべる。

「あ。どうせなら、大樹とのセックスは今日からお休みにした方がいいかな？　思い立ったが吉日って言葉があるし」

真理は視線をヨロヨロと漂わせた。頬《ほお》を掻《か》き、少し考えた後で……口を開く。

「それは……明日からでいいよ。明日から頑張るよぉ。うん」

二週間後。

空がオレンジに染まった午後六時。

ここは大樹が住んでいるアパート近くの通り。

荷物を持った大樹が鼻歌交じりに一人歩いていた。

「トゥートゥトゥトゥトゥトゥトゥトゥルルル～♪　……ん？」

自身のアパートにたどり着こうとしたところで、何かに気付いた。自身の部屋の扉の前に人影が見える。

　その人影は大樹を目にするや、近づいてくる。

「あっ大樹君」

「真理さん、久しぶり。こんばんは」

「久しぶり……こんばんはぁ」

　真理が大樹の服をかるく摑《つか》んで、微笑を浮かべた。

　目を潤ませて、頬を赤く、熱を帯びた吐息を漏らす。

　大樹は真理の様子に戸惑い、問いかけた。

「えっと、真理さんどうしたの？」

「うん。あのねぇ。私、彼氏と別れることにしたの」

「え。ええ？　仲直りしたんじゃないの？」

「そう……だったんだけど。なんか違うなって……別れちゃったぁ」

「そ、そうなんだ」

「それでね……大樹君」

　真理が上目遣いで、大樹を見上げた。

　鈍感な大樹であっても、その真理の表情の意味が分かってしまった。

「……とりあえず、部屋に来る？」

「そ、そうだね」

真理がパッと顔を明るくして、頷いた。

大樹は真理と一緒に部屋に入ろうとしたところで、スマホが震えたことに気付く。

スマホの画面を見ると葵からのメールが通知される。

『真理さんのこと気に入っているなら、完全に落としちゃったら。あ……この際、ＮＴＲプレイとかしてあげたら？』

「……」

大樹がスマホをポケットにしまって、真理と共に部屋の中に入っていった。


ここは大樹が暮らしているアパートの部屋。

大樹と真理はベッドの端で並んで座っていた。

久しぶりだからか、お互い緊張している様子だった。

大樹はポリポリと頬を掻く。

「えっと、先にシャワー浴びる？」

「はぁはぁ……も、もう私、部屋で浴びてきたから……このましようぅ。セックス」

真理が余裕のない様子で、立ち上がって大樹の前に立った。

対して大樹は真理を制止する。

「ま、待って。俺はシャワー浴びてないから」

「私は気にしないよぉ」

「ええ……わっと」

真理は大樹をベッドに押し倒した。

四《よ》つん這《ば》いで大樹に跨《また》がって、目を瞑《つむ》って唇を大樹の唇に押し付ける。

「ちゅちゅう」

「ちゅぱ……んっ」

真理の舌が大樹の口の中を積極的に動き、大樹は真理に応えるように舌を動かす。

五分ほど、大樹の部屋では卑猥《ひわい》な水音と、二人の鼻息だけが響いていた。

真理はゆっくりと口を離して、息荒く呼吸する。

「はぁはぁ」

「真理さん、今日はずいぶんと積極的だね」

「はぁはぁ……だって、ずっと大樹君とセックスできなかったんだもん」

「ずっとって……たった二週間だけど」

「たった、じゃないよ。どれだけ……私がこの二週間を長く感じたか」

「そ、そうなんだ」

彼氏と別れた本当の理由を察してしまった大樹が心を重くしていた。ただ、そんな大樹の感情を他所《よそ》に真理は止まらなかった。

「早くしよぉ」

真理が急《せ》かすように大樹のジーンズをはぎ取った。

露わになったトランクスに鼻を押し付ける。

「すうはーすうはー……この匂《にお》い久しぶりぃ」

真理の変態的な行動に引きつつも……興奮を覚えてしまう。トランクスの中にあったペニスに力が……勃起《ぼっき》し始める。

「あぁ大きくなってきたぁ」

「そりゃ大きくもなるだろう。ところで、葵からＮＴＲプレイをしたらとか連絡が来たんだけど？　やっぱり何かあったの？」

「すうはー……もう別れているけど、大樹君がしたいならＮＴＲプレイいいよぉ」

「んーまた今度でいいや」

大樹が首を横に振った。

対して真理は気にすることなく目を細めて、トランクスのペニスの匂いを嗅《か》ぎながら、呟《つぶや》く。

「じゃあ、まずは……フェラしようかぉ」

「その前に服を脱がせて」

「あっそうだにぇ」

嬉々として、上着、ブラを脱いでいった。

大樹は苦笑しながら、トランクスを脱いでいく。

「ちゅ」

真理が勃起したペニスの亀頭にキスを落とした。大樹はピクンッと体を震わせ、ペニスが更に固くなる。

「っ」

「可愛《かわい》い。ちゅちゅちゅちゅぱ」

亀頭を飴《あめ》のように舐《な》めまわした。ペニスを口の中へ呑み込んでいき、若干《じゃっかん》苦しそうにしながらも喉奥《のどおく》まで入れていく。

じゅぽじゅぽっと音を響かせながら、頭を上下に動かし始める。

大樹は布団をギュッと摑んで、耐える。

「ぐっあ……あっ」

「ちゅう。耐えるねぇ。我慢しなくていいのに」

「こ、このくらいは耐えないと」

真理は口元にちぢれた毛を付けながらフェラを続けていた。ペニスから口を離して、手で上下に動かしてペニスを扱《しご》き始める。

物欲しそうにペニスを見つめ、おそらく無意識にお尻が左右にユラユラと動く。

「はぁあ。本当に大きいチンポ……早く欲しいよぉ」

「ぐう、真理さんは本当にエッチになったよね」

「大樹君の所為《せい》だから、その責任は取ってよぉ？」

「んっ、やっぱり彼氏さんと別れたのは俺が原因なんだな」

「分かっちゃうよねぇ。大樹君というより……この凶悪なチンポが悪いんだから」

「え、チンこだになのか？」

「あとこの固い筋肉もかな？」

「アレ？　体だけ？　アレ？　俺、関係ない？　関係ないよね？　……そっか。そうだよな。体だけだよなぁ。顔、普通だしなぁ。真理さんみたいな、巨乳のおっとり系美女さんとは絶対に釣り合うわけないもんなぁ。そうだよなぁ」

大樹があからさまに、落ち込んだ。

それに伴《ともな》ってペニスも力を失っていく……。

真理は慌てて、見せつけるように自身の豊満な胸を押し上げる。

「落ち込まないでぇ。ほらパイズリ……パイズリしてあげるからぁ」

「……」

「ほ、ほーら、大樹君の大好きな胸だよぉ」

大樹は無言のまま、真理の胸に手を伸ばした。やわやわと……ぽよんぽよんと胸の感触を楽しむように触り始める。

「あ……んっ……うぅ……んっ……う……ん……あっ……んんっ……うぅ……あぁ……パイズリするから、そろそろ離してくれるかな?」

「……」

「あんっ！　えっと……お願いだから」

「おっぱいってすごいなぁ。なんか前向きになった気がする」

「あっ……くっんん！」

大樹に乳首を摘《つ》まみ上げられたところで、真理は俯《うつむ》き喘《あえ》ぎ声を上げた。

バッと顔を上げて切羽詰《せっぱつ》まったような表情を浮かべて大樹の手首を摑む。

「やっぱりパイズリなし」

「へ？　パイズリなし……なんで？」

「もう我慢できないよぉ」

真理が体を起こすと、勃起したペニスの上に跨ったヴァギナは濡れ、物欲しそうにクパクパと開いていた。

「大樹君の立派なチンポを絶対に気持ちよくしますので……どうか、真理の浮気〇ンコに……どうか……どうか……挿《い》れさせてください」

「アレ？　待って!!　NTRプレイ始まっている？　てか、待って。コンドーム付けないと」

大樹の制止の声など真理の耳には届いていなかった。

真理は熱に浮かされ……完全に発情した表情を浮かべ、しゃがんでペニスの亀頭をヴァギナの膣口に押し付ける。

そのまま腰を落とすと、ヴァギナはペニスを容易に呑《の》み込んでいく。

「うーっ。あぁ、これが欲しかったのぉ。二週間ぶりの大樹君のチンポ……はあんっ」

「ぐっあ……やはり生は気持ちよすぎるっ。葵とまったく別だ……」

「太くてみっちり埋めてくれて……奥まで……彼のチンポではまったく届かなかった私の気持ちいい場所……はんっ！」

真理は自ら腰を落として亀頭が子宮口……いや、子宮を抉《えぐ》った。その感覚に大きな喘ぎ声を漏《も》らした。

軽くイキ、ビクンッビクンッと跳ねるように体を震わせる。

更にイッたことで……ヴァギナの膣内のヒダがペニスを包み動き、更にキュッと握りつぶすように締め付ける。

「ぐっ生は気持ちよすぎる。っ出ちゃうから……どいてくれ」

大樹は苦悶《くもん》の表情を浮かべて、真理の太ももを摑《つか》み、退かそうとしたが遅かった。

子宮口に亀頭を押し付けた状態で勢いよく射精してしまう。

「あぁっ、出てぇはんっ！」

真理が勢いある精子を子宮内に受けた。

頭の中が一瞬真っ白になって、蹲《うずくま》るように自身の胸を抱きしめた。

「うあっ。出してしまった……後でアフターピルを買わないと」

「ん……ごめんね」

真理は繫《つな》がったまま、前に倒れて大樹の体に覆《おお》い被さった。頰《ほお》を胸板に乗せ、頰ずりする。

「ん？」

「実は葵ちゃんと一緒にピルを飲んでいたんだ」

「……はぁ。そうか」

「怒ったぁ？」

「怒ってないよ。ただ心臓に悪いな。そういうことは言っておいてほしいっ！」

大樹が思いっきり腰を突き上げた。

亀頭に真理の子宮が圧《お》し潰され、真理は体を起こし大きく息を吐く。

「かはっ！　はんっ……やっぱり怒ってぇ」

「怒ってないよ」

大樹が体を起こし、続けて腰を突き上げ始めた。

対して、真理は金色の髪を大きく揺らしながら顔を横に振る。

「はあんっ！　あぁ、乱暴に犯して！　これ、彼にはできないセックス！　あぁあん！　ああっ！　はっあ！　あぁあん！　はあんっ！　はっあ！　はあんっ！」

大樹は真理をベッドに押し倒した。体位を正常位に変えて、真理が気を失うまで……いや、気を失っても腰を振って……セックスを続けたのだった。


一時間半後。

大樹と真理がクイーンベッドで寝ていた。

大樹は隣にいる真理の大きな胸をむにゅむにゅと揉《も》んでいる。ちなみに、その胸を揉む行為はすでに十分以上続けている。

「やはり元気が出るな。おっぱいってすごい」

「うぅ……んっ……うんんっ……うぅ……あぁ……あん……大樹君……おっぱいはそろそろ良いんじゃないかな？」

「そうかな？　いつまでも続けていられるんだが」

「そんなに触られたら……また大きくなっちゃうし。ほどほどにしてほしいんだけど」

「え、おっぱい揉むと大きくなるってのは、迷信じゃなかったのか？」

「んんっ！　人によるのかな？　大樹君に執拗《しつよう》に揉まれるようになってから、ブラが小さくなっちゃった。お気に入りのブラが入らなくなっちゃったんだよぉ」

「そうなのか」

「うん。あっ、だからね？」

「……」

「胸から手を離してくれると嬉しいんだけど？」

「うん……」

大樹が名残《なご》惜《り》しそうに、真理の胸から手を離した。

胸から手が離れたところで真理は大樹に抱き付く。

「まったく。大樹は本当に胸が好きだよねぇ」

「これは何度でも言うけど……俺以外の男もおっぱいは大好きだから。本能だから。仕方ないことなんだ」

「まぁ、私の魅力として好いてくれているならいいんだけどね……大樹君」

真理は体を離して顔を上げて、見上げるように大樹を見つめた。

大樹の頬に手で触れると。


「これからはセフレとして末永くよろしくお願いします」


大樹は目を見開いた。次いで噴き出す。

「ぶはっ、結局そうなるのか」

「うん。もう大樹君なしじゃ、無理みたい。私をこんなにしたんだから責任取ってね。あっ、もちろん大樹君が私のことを好きになっちゃったら、いつでも葵ちゃんと一緒に彼女……奥さんになってあげてもいいよぉ？」

「いや、二人奥さん作るとか許されないだろう」

「結婚する時だけ、外国に行っちゃえばいいのよぉー」

真理が大樹に向けて、ニコリと……見惚《みと》れてしまいそうになる綺麗《きれい》な笑みを見せたのだった。

六話　葵、大学に行く。

AIUE KURE
Presents
She recommends
the harem.

六月下旬《げじゅん》。

ここは大樹《たいき》と葵《あおい》が通っている大学のキャンパス。

一人の女性……葵が風になびく髪を押さえて歩いていた。

葵はアイドルも顔負けの美人である。

キャンパス内にいた男性……女性問わずに多くの人達が振り返っていく。

「はう。今日も美しい」

「立花《たちばな》さんだぁ」

「うわ。あんな美人……大学にいたのか？」

「知らねーのか？　立花葵……大学一の美人だよ」

「まじ？　あんな美人、大学のミスコンの時にはいなかったぞ？」

「そういうのに興味ないんだと……立花さんのドレス姿見たかったなぁ」

「あれ……？　どこか違うところで見たことあるような？」

「お、俺、声掛けてみようかな？　今度の合コンにでも？」

「彼女はやめとけ。遠くで見ておくくらいでいいんだよ」

「な、なんでだよ」

「彼女の彼氏はヤバいヤツなんだよ。噂《うわさ》だと、族を二つ潰したとか？　車を投げたとか」

「そ、そんなバカな噂信じるのか？　いや。彼女、ソイツに脅《おど》されているんじゃないか？　俺らで人集めて助ければ……」

などと噂話が聞こえてきていた。

ただ、それら噂を気にすることなく、葵は小走りで行ってしまう。

「んっ、早く行かないと」

この時どこからか……ブルブルッとバイブレーションの音が聞こえていた。


ここは大学の講義室。

禿《は》げ上がった男性が学生達の前で講義していた。

学生達が静かにノートにカリカリと何か書いている中で、男性教授の声のみが響いていた。

しばらく何もなく講義が進んで教授が学生達へと視線を向けて、マイクをオンにして葵へと声をかけた。

「あーっと……立花さんと」

葵と数名の学生が教壇《きょうだん》の前に呼び出され、教授と難解な文面、図形を前にして議論し始めた。

十分ほどして議論も終わり、葵達が教壇から席に戻ろうとしたところで、小さく……周りには気付かれないほどに小さくバイブレーションの音が聞こえだす。

それと同時に葵の動きがピタリと止まった。後ろを歩いていた学生の一人が問いかける。

「立花さん？　大丈夫？」

「っ……ちょっと貧血気味で」

「え、大丈夫なの？」

「大丈夫よ。ありがとう」

葵は学生へニコリと笑みを浮かべた。おそらく大樹が見たら、十分にぎこちない笑みなのだが、その学生には分かるわけもなく安堵《あんど》する。

「ならいいのだけど」

「ええ、ありがとう」

軽く会釈《えしゃく》すると、葵は自分の座っていた席に戻るのだった。

「……」

席に戻ってきた葵はゆっくりした動作で、席に座る。その時、喘ぎ声にも似た声が漏れ聞こえてくる。

「ぁうっ」

それから、講義室には微《かす》かにバイブレーションの音が葵の周りで聞こえていた。


葵が講義を受けている講義室の外にて。

講義室の扉のところに大樹が立っていた。周りに人はいない。

「うわー大丈夫かな？」

扉の隙間《すきま》から室内を窺《うかが》いつつ、ピンク色のリモコンの強のボタンを押した。

「んっ」

この時、講義室内で澄ました表情で講義を受けていた葵が、小刻みに身震いし始める。

葵は講義を受けたまま、手で口を押さえる。

「んっ……っ……ぁ」

葵からは周りに聞こえないほどの小さい声が漏《も》れた。

澄ました表情を崩していないが、葵をよく知っている大樹には違和感があった。

「強は駄目だな。弱……弱に戻してっと」

講義室の外の大樹がリモコンを操作して……弱のボタンを押した。

大樹は心配そうにしながら、葵の様子を窺っていた。

ここで人の足音に気付いて、その場を離れる。

「本当に大丈夫なのかね」

一度苦笑して、今朝のことを思い出す。


時間を遡《さかのぼ》って。

それは今朝。

ここは大樹が暮らしているアパートの部屋。

クィーンベッドの上で大樹を真ん中に葵が右、真理《まり》が左に腕枕される形で眠っていた。

三人の息遣いが聞こえる中で、枕元にあったピンク色のカバーを付けたスマホのアラームが鳴り始める。

「んっ……んんんぅ」

髪の毛を乱した真理が、寝ぼけた様子で体を起こして、スマホを手に取って……アラームを消した。

再び大樹の腕に頭を預けて眠りだす。

「すぅー……すぅー……」

……五分後、再びスマホのアラームが鳴り始める。真理は寝ぼけた様子でスマホを手に取りアラームを消した。

それから、何度かそのアラームが鳴る、消すを繰り返したところで。

「真理さん……そろそろ起きたら？」

大樹が目を覚まし、寝ぼけている真理へと声をかける。ちなみに葵は寝たままで微動だにしていない。

大樹に声を掛けられた真理はまだ寝ぼけながらも……にぱっと笑った。

「んーんん……おはよぉー」

挨拶《あいさつ》すると、恋しいと言わんばかりに大樹に身を寄せた。胸が大樹の体に押し付けられて形を変える。

大樹は真理の頭を撫《な》でて。

「いや、えっと……なんで起きないの？　真理さん、仕事だから山手線《やまのてせん》の発着本数ばりにアラームかけていたんじゃないの？」

「んんぅー」

真理は大樹に言われたことを寝ぼけた頭でゆっくり処理していった。少しの間の後、ハッとした表情を浮かべて、目を見開く。

バッと体を起こして。

「わっ、わっ、わっ……い、イケない。遅刻するぅ」

パタパタと慌ただしく近くにあったタオルを掴《つか》むと、洗面所へと走っていった。

大樹はヤレヤレといった様子で真理を見送った。次いで右隣で眠ったままの葵へと視線を向ける。

「……」

葵の綺麗《きれい》な寝顔を……堪能《たんのう》するように見た後で、頬《ほお》をプニプニと押し始めた。

「葵、起きろ。今日は二限から講義入れているんじゃないの？」

「んんっ」

「葵？」

「んっ……私、立花葵は大樹のキスでないと起きません」

「はいはい」

大樹は体を起こすようにして、葵の唇に触れるだけのキスをした。

顔を離して。

「ほら。おき」

「……もっと」

大樹は葵のおねだりに苦笑しながらも……何も言わずに葵へとキスをする。

十分ほど、いちゃいちゃとキスを続けたところで、葵が目を覚ました。

葵は目を覚ましたが、体は起こさず大樹の腕に頭を預けたまま。つまり、大樹と葵は寝たまま挨拶を交わす。

「んっおはよう」

「そうだな。おはよう」

「大樹ぃ。愛してる」

葵が大樹に身を寄せて、肩にキスをした。

起きたばかりだからか、葵の様子が幼く可愛《かわい》い感じであった。

大樹は恥ずかしそうに視線を逸《そ》らして返す。

「俺も……愛している」

葵は舌でツーっと肩から首筋辺りまで舐《な》める。

対して大樹は体をモゾモゾと動かして。

「こしょばゆいよ」

「大樹の味……美味《おい》しい」

「……汗だろう。汚いだろう」

「大樹の汗は全然汚くないよ？　腋《わき》とか舐めて良い？」

「やめて」

葵は大樹の下腹部へと視線を向ける。朝立ちしていたペニスを見ると艶《つや》めいた笑みを浮かべて、耳元で囁《ささや》く。

「ふふ。昨日は二人がかりで搾《しぼ》り取ったのに元気。本当に性欲お化けなんだから」

大樹は否定できないと思いつつ、バツの悪そうな表情を浮かべる。

「……生理現象だから」

「これから大学があるからオ◯ンコは駄目だから……。あぁチンコを舐めてあげればいいか」

葵はそう言うと体を起こし……大樹の股《また》の間に移動し、座った。

笑みを深めて、目の前の勃起《ぼっき》しているペニスを見た。

「相変わらず大きいんだから。もう」

亀頭をツンツンと指でつつき始めた。次いでなぞるように亀頭のエラをなぞる。

大樹は眉間《みけん》に皺《しわ》を寄せる。

「うっ……あっ……」

葵は笑みを深めて、亀頭にキスをした。次いで亀頭を口に咥《くわ》えて、飴《あめ》でも舐めるようにねっとりと舐め始める。

「ちゅう……ちゅぱじゅう」

一分ほどフェラを続けたところで、口を離した。

射精してしまいそうなのかペニスはビクンビクンと震えていた。

葵は右手で竿《さお》を扱《しご》き始まる。

「そうだ。大樹、今日は新しいプレイしない？」

「ぐっイキそうなんだが……なんだ？　新しいプレイって」

「最近、真理さんとシフト制になったじゃない？」

「葵が勝手にシフト表を作っているんだけど……それがなんだ？」

「それに合わせて女の子の日も重なって、大樹とのセックスの期間が凄《すご》く空《あ》いたじゃない？」

「空いたって……四日だが。ぐっ」

「それでも空いたの。私にしたら長く感じる時間だった。けど……次にセックスした時、今まで一番くらいに気持ちよかった。それで、焦らしってセックスにおいて重要なファクターであることを再認識したのよね」

「何が言いたい？」

「つまり、焦らしプレイをしたい。もっと詳しく言うならば……」

葵がニコリと笑って、言葉を切った。ペニスを扱く右手の動きを速めて、左手で金玉を揉《も》み始める。

「バイブ付きアナルビーズで遠隔操作プレイ」


時間を戻して。

大樹は『何がアナル拡張もできて一石二鳥だか……はぁ葵は言い出したら聞かないからなぁ』と内心思いつつ講義室から少し行ったところにあった自動販売機の前へ。

水のペットボトルを買って、壁にもたれて水を飲み始める。

「アレ？　大樹じゃん」

白金色の髪をサイドテールにし、胸元が開いた派手な服装のギャルっぽい女性が、大樹に声をかけた。

大樹はペットボトルから口を離して。

「あぁー委員長か」

「毎回……もう委員長言うなし。それ、高校の時のヤツじゃん……高校までの私は高校においてきたっての。珠理奈《じゅりな》って呼んでよ」

女性……珠理奈が大樹の肩をポンと叩いた。

「大学デビューってヤツをまだ続けていたのか？　もう大学二年ぞ？　二十歳《はたち》ぞ？」

「そういうのじゃないっての。これが本当の私なの。あの頃と違って友達にテニスサークルに誘われているんだからさ」

大樹は『大学二年になって、今さらサークル？』と内心では首を傾《かし》げつつも口に出さずに、頷《うなず》く。

「そうか。それならとやかく言わんが……ところでどうした？　今は講義中だが？」

「講義前に自習室で予習復習をするためだけど？」

「プッ」

大樹が口元を押さえて噴き出した。

珠理奈はピクンと眉《まゆ》を撥《は》ね上げて。

「何かおかしなことを言った？」

「いや、笑って悪い。ただ、あの黒縁眼鏡《くろぶちめがね》を取って……いくら見た目が変わってもやっぱり委員長は委員長でよかったと思っただけだよ」

大樹の言葉を受けて珠理奈は固まった。

次いでカッと顔を赤くして。

「わ、わけ分かんないしぃ。何が委員長でよかっただっつーの」

若干《じゃっかん》声を荒らげて言うと、足早に去っていった。

大樹は怪訝《けげん》な表情で去っていく珠理奈の姿を見送ると、首を傾げる。

「なんか、変なことを言っただろうか？」

口にした疑問について考えてみる。少しの間の後で、顔を上げる。

「分からん……っと葵は大丈夫だろうか？」

大樹は残っていた水を飲み干した。次いでペットボトルをゴミ箱に捨てて、その場を後にするのだった。


一時間後。

講義が終わって葵は男女問わずに誘われるものの、すべて断って講義室から出ていった。

周りに人がいなくなったところで葵はスマホを取り出した。

スマホを目にも留まらぬ速さで操作した後、足早にどこかへ向かって歩きだす。

葵の向かった場所は、ミーティング室と呼ばれるこの大学の生徒なら誰でも借りることのできる、六畳《じょう》ほどの部屋であった。

ミーティング室の中に入った瞬間、葵はバッと顔を伏せる。

「んんんっ！」

「えっ、そんなに辛《つら》かった？」

すでに一人でミーティング室内にいた大樹が葵に近付いていった。

葵は体をよろめかせ、大樹の体に縋《すが》りつく。熱っぽい吐息を漏《も》らしながら懇願《こんがん》する。

「はぁはぁ……今からすぐにやろう。もう限界だから」

「ここで？」

「うん。ここは予約したんでしょ？　声はなんとか抑えるから。早くズボン脱いで」

葵は着ていたタイトスカートをたくし上げた。

湿って色濃く変わったショーツを下ろす。

微《かす》かに聞こえていたバイブレーションの音が大きくなった。

「あんっ」

葵が物欲しげな表情でミーティング室に備え付けられている長机の上で、足を開いた。

愛液でヴァギナを濡らし……下のアナルにまで滴《したた》っていた。

……何より気になるのは、アナルに、震える黒い何かが埋め込まれている。

ズボンを脱ごうとしていた大樹が、葵のあまりに卑猥《ひわい》な様子に目を奪われ固まる。

「エロ」

「はぁ……はぁ……早く、早くしよ」

「お、おう。バイブ付きアナルビーズを抜いたほうがいいだろう」

「いいよ。このままでいいから……私、おかしくなっちゃう」

「わ、分かった」

大樹が頷いた。ズボンとトランクスを脱いで葵に近付き、ペニスをヴァギナの膣口に押し当てる。

そのままペニスをヴァギナ……膣口へと突き入れる。葵はすでに何度かイッていたのだろう、膣内は熱くトロトロになっていた。なので大樹の大きなペニスでも容易に奥まで入れることができた。

葵は顔を上げ、目を大きく見開く。

「来たっ。んんんんんんっ！」

「ぐっこれは……振動だ」

大樹は苦悶《くもん》の表情を浮かべた。

葵の膣内は熱く吸い付くようにペニスを扱《しご》き、更に……バイブ付きのアナルビーズの振動まで伝わってきていた。

あまりの気持ちよさに、すぐにでも射精してしまいそうになるのをグッと堪える。

葵は大樹の肩に手を置く。

「あんっ。大樹ぃ……やっぱり声我慢できそうにないからぁー。キス……キスしながら」

「っ分かった……ちゅっ」

大樹と葵はむさぼるようにキスをし始めた。大樹は動かしづらそうにしながらも、腰を前後に動かし始めた。


一時間後。

「あは、まだ出てくるよ?」

ミーティング室の長机で足を広げて座った葵が膣口から流れ出てくる精液を見ていた。

葵の言った通りにミーティング室を汚さないように敷かれたティッシュの上には精液が大量に溜まっている。

大樹は携帯していたウェットティッシュを葵へと渡す。

「うわっ本当だ。……生だと気持ちいいけど、処理に困るよな」

ウェットティッシュを受け取りつつ、葵は腹下の辺りを擦った。その時、先ほどまでのセックスを思い出して、うっとりと恍惚《こうこつ》といった表情になっている。

「ふふ。焦らしプレイもいいけど……やっぱ、生は気持ちいいのか。正直もうコンドームありだと、物足りないかも」

「それは分かるかも……数ミリなのにな」

「ふふ、私も大樹も……それから真理さんも生セックス中毒かな」

「そうかもな」

大樹と葵は手早く後片付けを済ませていく。

葵は服を着直したところで、思い出したように口を開く。

「そうそう。明日の午後に新しいセフレ候補の予定空《あ》いたって」

大樹はウェットティッシュで机を拭いていた。ただ、葵の言葉を聞いて顔を上げて、怪訝《けげん》な表情を向ける。

「まだ増えるの？」

「うん。最初に言ったでしょ？　とりあえず七人よ。ちなみにそのセフレ候補からまた別のお願いとかもあるみたいだよ？」

「お願い？　なんだよ？」

「ふふ、詳しくは直接聞いて」

「セフレって……どうするんだ？　あまり多いと俺のキャパオーバーになるだろう」

「うん。その辺を話しておいた方がいいかな？」

「そうだな。もっと早くするべきことだと思うけど」

「ハーレム条約を決めてきた」

「へ？　ハーレム条約？　何それ？　初耳のワードなんだけど」

葵はミーティング室のホワイトボードの前に立った。次いでペンを手に取り書き始める。

『ハーレム条約』
一つ、ハーレム内でのあらゆる殺傷、略奪を禁ずる
二つ、ハーレムの主より任命された正妻をハーレムの全権代理者とする
三つ、ハーレム内での事柄は全権代理者に報告・連絡・相談する
四つ、ハーレムへの加入は全権代理者の審査を受けて、条約加盟の印を捺《お》す
五つ、ハーレムの対象者は十八歳以上。人妻は配偶者の書いた許可状を提出する
六つ、ハーレムの脱退は全権代理者が決定し執行する
七つ、ハーレム内での出来事は、不特定多数が閲覧《えつらん》できる場での公表を禁止とする
八つ、セックスは対等な関係で行いましょう
九つ、以上をもってハーレムの主の名のもとハーレム加入者の絶対不変の条約とする
十、みんななかよくハーレムライフを送りましょう

条約締結日２０２５年6月27日

以上を書き終えると、ペンのキャップを閉めた。大樹の方へと視線を向ける。

「ハーレム条約はこんな感じかな。随時《ずいじ》修正を入れていくけど」

「はぁ……もう増えた時も想定しているのか」

葵は自信満々といった様子で拳を前に。

「そう。大樹の魅力的なところを知ったら、ハーレム要員は際限がなくなっちゃうからねぇ。契約書もちゃんと交わすようにしないと」

大樹はやれやれと肩を竦《すく》めた。顎《あご》に手を置いて。

「俺、葵が言うほどにモテないと思うけどね……っとそろそろ時間がヤバいな」

大樹と葵とは身なりを整えて、ミーティング室を後にするのであった。

七話　セフレ候補はスポーツカーでやってくる。

AIUE KURE Presents She recommends the harem.

翌日。

ここは大樹《たいき》の暮らしているアパートから徒歩十五分ほどのところにあるファミレス。

その厨房《ちゅうぼう》の中では白いコック姿の大樹が慌ただしく働いていた。

ピコピコっと音が何度か鳴って、レシートのような白い紙が印刷されて出てくる。

大樹は白い紙を千切《ちぎ》って、視線を向ける。

「ハンバーグ3、コーンピザ2、シーザーサラダ2……そんなバカな……ちゃんこ4きた」

大樹が注文を読んでいる最中も、ピコピコっと音が鳴って、レシートのような白い紙が次から次へと出てくる。

「イチゴパフェ3、チョコレートパフェ2だと……かはぁ……なんで？　どうして？　こんな時間に団体さんが来るんだ。注文が止まらない！」

大樹は鬼気迫る表情で手早く注文された料理の調理を開始した。

三時間後。

ここはファミレスの従業員控室。

八畳《じょう》ほどある狭い室内には、メイド服に似たファミレスの制服を着た茶髪で肌を小麦色に焼いた女性が、パイプ椅子《いす》で項垂《うなだ》れるように座っていた。

茶髪の女性は一見男性に見えるほどにボーイッシュな顔立ち、ショートカットにした髪型、女性にしては高い百七十四センチの身長。

男性というより女性にモテる傾向があって、ファミレスの常連客の中にも彼女を狙っている女性が多くいるとか……いないとか。

ただ、今は疲労からか目はうつろ……実年齢よりも老けて見えた。

しばらく、ピクリとも動かなかったが、不意に呟《つぶや》く。

「はあ、燃え尽きた」

「お疲れ」

いつの間にか控室に入ってきた大樹が声を掛けた。茶髪の女性の前に飲み物の入ったコップを置く。

茶髪の女性は大樹の出現に飛び上がるように驚く。

飲む。


「ひゃい。先輩、お疲れ様です」

大樹は茶髪の女性の対面にあったパイプ椅子に座った。手に持ったコップのコーヒーを一口
茶髪の女性は頬《ほお》を緩《ゆる》めて、コップを手に取る。一口飲んで、口を開く。

「なんとか……生き残りましたね。先輩はもっと大変でしたよね。私のフォローまで」

「いや、明楽《あきら》も大変だっただろう」

「先輩……」

「ところで……なんで、こんなに客が来たんだ？　いつもはあまり客が来る時間じゃないだろ？」

「えっと、聞いた話によると……昨日、テレビで紹介されたみたいです。五味衣良尾《ごみいらお》とかいうシェフに酷評《こくひょう》されたとか」

「え、なんで酷評されてんのに客が来てんの？」

「分かりませんが、なんか……その番組が大炎上したので逆に人が集まっちゃったみたいな？」

「なんだそれ。迷惑な」

「本当に……ハハ」

茶髪の女性……明楽が苦笑いを浮かべた。

その時、大樹と明楽の間にあった長机に置かれていたスマホがブルブルっと震えた。

大樹はスマホへと手を伸ばす。

「ん？」

スマホの画面には葵《あおい》からのメッセージが表示されている。

『シフト表を更新したよ。明後日……土曜日、行くわ。真理《まり》さんも来られるって。そうそう、バイト終わりに新しいセフレ候補が迎えに行くみたい。駐車場にて待つべし』

大樹はスマホを操作して、葵に『分かった』と返信した。

ただ、大樹の様子を明楽は目を細めて、つまらなさそうに見ている。

「先輩、また彼女さんですか？」

「あぁ、そうだ」

「そうですか……」

「ん？　どうした？」

「いや、えーっと先輩の彼女さん本当に美人さんですよね。……先輩、いくらお金積んでいるんですか？」

「な、なんてことを言うんだ」

「いや、先輩ってその……優しくて面倒見がよくて頼りになりますが、それはあくまで内面なので……騙《だま》されていないか心配なんです」

「なんだろう。心配してくれているのに俺の心臓に刺さるモノがある。刺さるぞ。……お前も俺を普通顔って言いたいんだなぁ」

「えっと、それは……そうですね。彼女さんに失礼で悪いのですが、女の私でも見惚《みと》れてしまうほどに超絶の美人ですからね」

「言いたいことは分からなくもないけど……幼馴染《おさななじみ》だし。親ともたまに会っているから、騙されているとかはないよ」

「ふーん。幼馴染なんですね。そうですか……なら、大丈夫ですか」

明楽が不機嫌そうな……ムッとした表情を浮かべ、大樹から視線を外した。

不穏な空気を感じ取ってか大樹はパイプ椅子から立ち上がる。

「さて、そろそろ帰ろうかな」

「あっ先輩も上がりですか？」

「明楽もか？」

「はい。あの……この後時間あるなら一緒しませんか？　えっと、相談したいことがあって」

「あー悪い。この後用事があるんだ」

「ふーん。そうですか。彼女さんですよねぇ」

「え。あっ……いや」

明楽は大樹の言葉に聞く耳をもたなかった。不機嫌に頬を膨《ふく》らませると、控室から出ていってしまう。

明楽を見送った大樹は頬を掻《か》き。

「なんか知らんが怒らせてしまった。女って本当に何を考えているか不思議。おっと……急がないと待ち合わせ時間に間に合わない」

スマホが点滅しているのに気付くと、慌てた様子で控室を出ていくのだった。


少し時間を遡《さかのぼ》って。

ここは高層マンションの一室。

その広々とした部屋にはローテーブルとソファ、テレビ、ノートパソコン、撮影機材と思われるカメラ、照明が置かれていた。

カメラの前には男性がハイテンションで、手に持ったゲーム機を操作していた。

男性は三十代後半で、ホストのような、どこかちゃらちゃらした印象のあるイケメンであった。

「うおーやったれー!!」

テレビ画面には巨大なドラゴンのようなモンスターが映し出されていて。

男性は大剣を持ったキャラクターを操作して、モンスターと戦うゲームをしているようだった。

「アイペロス・エストゥスが二回瞬きをした。五光が来るぞ。ヤワモチさん目狙って！　目狙って！」

パソコンのスピーカーからは『は、はい』と声が聞こえてきた。

少しの間の後で、テレビ画面に映っていた巨大なドラゴンのようなモンスター……アイペロス・エストゥスの目に矢が突き刺さった。

アイペロス・エストゥスは叫び声を上げて、頭を左右にふって後退した。

「今だ。全員MP気にせずガンガンスキルと魔法を撃ち込め！　狩り時じゃ!!」

テレビ画面ではアイペロス・エストゥスへと向けて、色とりどりのエフェクト……魔法やら斬撃《ざんげき》が飛び交っていた。

しばらく、戦闘が続いたようだが、アイペロス・エストゥスが倒れた。そして、なぜか体からアイテムやら硬貨が湧き出したところで戦闘が終わった。

パソコンのスピーカーからは『イケキンさん。乙乙《おつおつ》』、『イケキン、楽しかったで』、『イ、イケキンさん、今日はご一緒できてよかったです。あのはい』などと複数人の声が聞こえてくる。

男性はスピーカーの声達に答えるように「皆、今日はありがとな」と言って、何やらボタンを押した。

スピーカーの音が消えて、静かになると……カメラへと視線を向けた。

ニコリと笑って、声をかける。

「今日のライブはどうだった？　俺らの少人数ギルド『スタンドエイト』が難敵アイペロス・エストゥスに挑戦。死に戻り二回で見事勝利ー！　パフパフーやったぜ！　今日のところはこまでにしようかな。すまんが正直疲れた。雑談なしで。あ、どうだったかコメントくれよな。必ず読む。それから高評価、チャンネル登録もよろしくー。またの動画で会おうなー。バイバイー」

男性がカメラに向かって手を振るような仕草を見せた。ノートパソコンのボタンを押す。

少しの間の後で男性はフーッと息を吐いて、ソファに体を預ける。

「……疲れた」

隣の部屋から男女が入ってくる。

「お疲れ様です」

男性は男女に気付いて、疲れた表情をすぐに切り替えて声をかける。

「おー来てたんだね。慎吾《しんご》に……伊織《いおり》さんは久しぶり」

「水です。今日は金治《きんじ》さんに案件の話が来たので」

慎吾が手に持っていたペットボトルを金治へと差し出した。金治はペットボトルを受け取ると嬉しそうに笑う。

「マジ？　どんな？　どんな？」

場所を譲《ゆず》るように座っていたソファをズレて、座り直した。ソファをポンポンと叩く。

慎吾は伊織にソファを譲って、ローテーブルの前に座った。伊織はソファに座ると、持っていた鞄《かばん》から書類を出す。

「こちらですね。金治さんが前からやってみたいと言っていた……モントルです。新クエストを実装するとのことで、そのプレイ動画を出してほしいとのこと。ちなみに単価は……」

金治は書類を手に取ると、満足げな表情で頷《うなず》く。

「うお。なかなかの単価……いや、ずっとやっていたモントルから案件を貰《もら》えるのが熱いな」

慎吾は金治の様子に笑みを深める。

「ふふ。立花《たちばな》さんに感謝した方がいいですよ。立花さんが掛け合って、取ってきた案件なんですから」

案件取得の経緯を聞いた金治は伊織を見た。

「ほんとか……。伊織さんには頭が上がらないなぁ」

「田中《たなか》さん。それは言わない方がよかったですね。前担当だった私が出過ぎた真似《まね》をした形になるので」

伊織が慎吾へと視線を送ると、慎吾は「すいませーん。あ……車にパソ忘れましたぁ」と言って部屋から出ていってしまった。

慎吾を見送った伊織はゴホンと咳払《せきばら》いをして。

「私はたまたま金治さんを紹介するタイミングがあったから、したまでのことなんで。案件が貰えたのは金治さんがこれまでチャンネル運営を頑張って登録者数を増やしてきたからですよ」

金治は照れた様子で頬《ほお》を掻いた。

「それは伊織さんにチャンネル方針やらいろいろ世話してくれたからでしょう。ここだけの話……伊織さんに担当へ戻ってきてほしいと思っているよ」

「ハハ、そう言ってもらえるのは嬉しいですが。新人を含めて五人の担当を抱えていますから……すみません。これ以上、仕事増やしたら、私が過労死します」

「そっか……。担当変更の時期になったら期待するしかないな」

「金治さんは女性人気が凄《すご》いですからね……。変な疑いをかけられないためにも、女の私が担当に戻るのは難しいでしょう」

もらいます」

「うっ」

「案件の詳細は田中さんと詰めてください。それじゃ、私はこれからも、陰ながら支えさせてもらいます」

伊織が鞄を肩にかけて、ソファから立ち上がった。

金治は目を見開き。

「え？　もう行っちゃうの？　この後、案件祝いに焼肉にでも行かない？」

「すみません。この後は予定が詰まっていまして……。それに先ほども言いましたが、金治さんは女性人気が凄いのです。今後は女性を食事に誘う時は十分に気をつけてください。あ……念のため裏口があって口の堅い大丈夫な店、ホテルをリストアップして送りますので使ってください」

「は、はーい」

金治は小言《こごと》を言われる感じが懐かしいと内心では思いつつ、頬を引き攣《つ》らせ返事した。

次いで帰っていく伊織を見送った。

十分ほどして慎吾が部屋へと戻ってきた。そして、ソファに体を預けて天井を見上げていた金治を見て、驚きの声を上げる。

「うわっ。ずいぶんな落ち込みようですね」

「……」

「せっかく気をきかせて、二人きりにしてあげたのに駄目だったんですか？」

慎吾がやれやれといった様子で、ソファに座って案件の資料を手にして目を通し始める。

金治は慎吾の質問に答えることなく、質問で返す。

「俺って……格好いいよな？」

「格好いいですね。ただ、対する立花さんはグラドル並の超美人でスタイル抜群《ばつぐん》ですが」

「俺って真面目《まじめ》になったよな？」

「昔のことは知りませんが……今はそうですね。動画投稿の頻度《ひんど》も守ってくれていますし」

「俺って金持ちだよな？」

「貯金までは知りませんが。もう少しで年収は億を超えますからね。まぁ、ほとんど税金で取られてしまいますけどね」

「俺って話面白いよな？」

「そのおかげでゲーム配信一本でも再生回数が伸びてきたんですし」

「じゃあ、なんであんなに脈がないんだぁー」

金治が駄々《だだ》をこねる子供のように足をバタバタとさせた。

慎吾は難しい表情で言った。

「年齢差はちょっとアレですが。稼《かせ》ぎは良いですし、十分に釣り合う範囲ですよね。そうですか……金治さんでも駄目そうですか。立花さんって……そういった噂《うわさ》を一切聞かないんですけどね。すでに意中の人がいるのでしょうか？　って金治さん、休憩はこのくらいにして、案件動画について詰めましょう」

金治は一度深い溜息を吐くと、慎吾との案件動画の打ち合わせを始めるのだった。


バイトを終えて服を着替えた大樹がファミレスの裏口から出てきた。表に回って、田舎《いなか》特有の広い駐車場へ。

歩いていると、大樹の隣に黒のスポーツカーが停まった。

パワーウィンドウが開いてサングラスをした女性が顔を出した。サングラスを外して声をかける。

「大ちゃん」

大樹は目を細めて……記憶を呼び起こすように女性を見て、少し間が空《あ》いたものの口を開く。

「え……もしかして伊織姉《ねえ》？」

「久しぶりねぇ。とりあえず、乗って。乗って」

女性……伊織に促されて、大樹はスポーツカーの助手席に乗り込んだ。

「いくわよ」と一言掛けられるとスポーツカーが走りだした。

伊織は葵と負けず劣らずの整った顔立ちで、大人の女性特有の色気のある女性だった。

更には車の座席に座っていて分かりづらいもののGカップの胸に、出るところ出ているグラビアアイドル並みのプロポーションであった。

「……」

大樹が運転席に座る伊織にチラリと視線を向けた。

……伊織姉、久しぶりだな。

昔も大人びて見えていたが。いや、五歳ほど歳《とし》が離れているんだから仕方ないと言えばそれまでだが。

葵がセフレを作らないかと薦めてきてからか。

それまで葵以外の女性に対して意識することなかったのに……。

真理さんをはじめとして魅力的な女性が自分の周りにいたんだと、改めて認識してしまった。

葵を一番に思っていることは揺るがないが……葵以外の女性にも視線を向けるようになってしまっている。

これっていいのか？

葵の彼氏として。

そもそも恋愛で、一番とかなんとか出てくる時点で普通に駄目なのでは？

んーん。こういう時に何も考えずに女性に近付けるエロ漫画の主人公のメンタルがあればと思うのだが……。

てか、葵は何を考えているのか。

なんで、セフレを薦めてくる？

葵の癖《くせ》は長く付き合っている分だけ知っている。

葵は嘘をついている。

それがなんの嘘か分からない。本当は俺にセフレを作ってほしいと思っていないか。それとも別に何かあるのか。

何にせよ。俺に隠していることがある。

いくら最愛の人とはいえ、他人のことをすべて理解できるなんて……傲慢《ごうまん》か。

……じゃあ、今は知らないフリをして葵がちゃんと話してくれるまで待つしかないよな。

俺にはどんな嘘を抱えていようが……その嘘を含めて葵を受け入れればいいだけの話だな。

今は直近……伊織姉と何を話すかを考えるか。

えーっと。

大樹が久しぶりに会った伊織に対し、何を話し出そうと思考していると。

伊織は昔を懐かしむように目を細めて口を開いた。

「ふふ。本当に久しぶり。前に会ったのは……私が実家を出る前だよね？　大ちゃんは中学生だったっけ？」

「あ、あぁ。そうだね。伊織姉は……き、綺麗《きれい》になった」

伊織は驚き、目を見開いて。

「あら。大ちゃんからお世辞《せじ》が飛び出してくるとは時の流れを感じるわねぇ。昔は葵以外に興味ありませんって感じだったのに」

大樹は苦笑を溢《こぼ》す。

「ハハ、そうだったかも知れない。えっと……今日は」

「今日、私が大ちゃんを迎えに来たのは。葵がバカなことを言い始めたから……それに乗った形になるわね」

「え？　じゃあ、本当に伊織姉が？」

「私が大ちゃんのセフレ候補よ」

「マジか。……伊織姉は……さっきも言ったけど綺麗だし。引く手数多《あまた》じゃないの？　わざわざ俺のセフレになる理由もないでしょう？」

「理由ならあるわよ？」

「どんな理由？　想像がつかないんだけど？」

「鈍感の大ちゃんが気付いているわけないよね……」

伊織が言葉を切って、ハンドルを人差し指でトントンと叩いた。横から覗《のぞ》く頬《ほお》は赤くなった。

少しの間の後で、意を決したように口を開く。

「私、昔から好きだったのよね。大ちゃんのこと」

「えええっ！」

「あーあ。やっぱり気付いてないわよねぇ」

「本当に……？」

「だから、鈍感なのよ。大ちゃんは……あんな助けられ方して惚《ほ》れない女の子がいると思っているの？」

「あんな助けられ方？」

「え、覚えてないの？　私が誘拐《ゆうかい》された時に……助けに来てくれて、男どもをブッ飛ばしてくれたじゃない？」

「いつのことを言っている？　伊織姉も葵も子供の頃から攫《さら》われすぎだからな、それがいつのことか分からないな」

「私が中学二年の時かな？」

「……俺が小三の時のヤツだな」

「ふふ。あの時……大ちゃん、小学生だったわね。けど助けに来てくれた時の、ヒーローみたいに格好いい姿はいまだに思い出すわよ。ずっと感謝しているんだから」

「俺には……なんか黒歴史が脳裏《のうり》を過《よぎ》るんだけど」

大樹が過去を思い出したように遠い目で、視線を外へと向けた。肩をブルブルと震わせている。

伊織は驚き、運転中ゆえにチラチラと大樹へと視線を送る。

「なんで？　私の綺麗な思い出が黒歴史なの？」

「いや、あの……人助け自体が黒歴史なんじゃないよ。ただ、その行動理由がヒーローに憧れていたからなんて、今から考えたら恥ずかしいよ。なんか変なポーズとか決め台詞《ぜりふ》とか考えていたし。助けても名乗り出ずにいなくなったりと、無駄に格好つけて。……そういう意味で黒歴史」

「ぷっ……ふふふ。なるほど、そういうことね。恋する私の目から見たら格好良く見えたけど、客観的に見たら痛いかも知れないわね。ふふ」

伊織が可笑《おか》しそうに笑ってみせた。

大樹は渋い表情を浮かべる。

「むう」

「あっ……怒っちゃった？　ごめん。ごめん……けど、私が好きになった理由は分かってくれたかしら？」

「まぁ。だからってセフレでいいの？」

大樹の問いかけに、伊織はスポーツカーをどこかの建物の駐車場に停めた。

大樹へと顔を向けて、視線を合わせる。

伊織の目には強い意志が籠《こ》もっていた。大樹は視線を逸《そ》らすことができずに固まる。

伊織はニコリと笑い。

右手を伸ばし、人差し指で大樹の鼻先に触れる。

「いいわけないでしょう？　彼女……ゆくゆくは妻を目指すわよ」

「……結」

「結婚する時だけ、外国に行けばいいじゃない。まぁそれは……大ちゃんが私を受け入れてくれたらの話だけど」

大樹の言葉に被《かぶ》せるように伊織が続けた。

大樹は肩を竦《すく》めて。

「伊織姉は……俺には勿体《もったい》ないくらいに魅力的な女性だよ」

「ふふ。ありがとう。っと、今はその話よりも着いたわよ」

伊織がシートベルトを外し、ドアを開けて車を降りた。

大樹も外に出て、キョロキョロと辺りを見回す。しかし、まだここがどこか分からず、首を傾《かし》げる。

実際に駐車場から見ることのできる建物は、なんの変哲もない五階から六階建てのビルであった。

伊織は笑みを深める。

「ここは動画撮影に使用するスタジオよ」

「スタジオ？」

「ええ。見てもらった方が早いから……ついてきて」

伊織の後ろに続いて、スタジオと呼ばれたビルの中へと入っていく。

ビルの中には様々な部屋があって、例をあげるなら廃墟のような部屋、学校の教室、礼拝堂、小さな舞台、ラブホテルの一室などなど……。

ビル内の廊下《ろうか》にて伊織の横を歩いている大樹は興味深げに辺りを見回す。

「へぇーこんなところがあったんだ」

伊織は小さく笑って、頷《うなず》く。

「ここは私が担当している動画投稿者達がよく使っているセットスタジオなの」

「あぁー。伊織姉は芸能事務所でマネジメントの仕事をしてるんだっけ?」

「そうそう。まだ小さいところだけどね」

「それでなんで俺はここに連れてこられたのかな?」

「ここに連れてきたのは……お願いがあってね」

「お願い? あぁ葵もそんなことを言っていたような?」

「あまり他に聞かれたくないから……部屋に入ってからにしましょうか」

伊織が立ち止まると、扉を開けて入っていく。

部屋内は学校の保健室を思い出させる内装になっていた。

大樹はキョロキョロと室内を見回す。

「ここは……保健室?」

伊織は後ろで大樹から見えないように部屋の扉の鍵《かぎ》を閉めるのだった。

八話

伊織はいろいろと診断する。

AIUE KURE
Presents
She recommends
the harem.

保健室スタジオにて。

伊織《いおり》は、ハンガーに掛けられた白衣……診察衣を手に取ると羽織《はお》った。

診察衣を羽織っただけだが、伊織は一見、保健室にいる本物の養護教諭を感じさせる。

回転椅子《いす》に座って、妖しい目付きで大樹《たいき》を見て足を組んだ。短いタイトスカートから伊織の長くむっちりとした太ももが覗く。

醸《かも》し出された色気に大樹はゴクリと喉《のど》を鳴らし……伊織から視線を外せなくなる。

伊織は妖艶《ようえん》に笑って。

「ふふ。駒田《こまだ》君。また授業をサボってきたの？」

「え。駒田君？　授業？　あ……あぁ。いや、あーえっと……どうすればいい？」

突然始まった伊織の演技に大樹は首を傾げて、質問に対して質問で返した。

伊織は変わらぬ調子で、椅子から立ち上がった。

大樹にその豊満な胸を押し付けて、大樹の体に触れ……耳元で「演技してみて。君は高校生。私は保健室の先生」と小さく囁《ささや》く。

大樹は戸惑いつつも『AVとかでたまに見る保健室プレイというヤツか？　よく分からないが伊織姉《ねえ》に合わせればいいのか？　んーん高校生……高校生か』と自己完結して伊織に合わせて適当な言葉……台詞《せりふ》を口にする。

「え？　あ、うん……いや、先生、具合が悪くてさ」

「そうなの？　診断するから……そこのベッドで横になってくれる？」

伊織に促されて、『診断をベッドで？　保健室プレイって……こういうのだっけ？　マニアックなヤツか？』と内心では戸惑いつつもベッドで大樹は横になった。

伊織はベッドの横に立った。頰《ほお》を赤らめ、大樹の胸と太ももに手の平を滑らせ……撫《な》でるように触れていく。

「服の上からも分かる……駒田君ってすごく鍛えているわよね？　いい筋肉しているわ」

「今は帰宅部だけど……昔、空手の道場に」

「そうなのね。まずは上着を脱ぎましょうね」

伊織が大樹の答えを聞く前に、大樹の上着に手を伸ばしていた。大樹はされるがままに上着を脱がされていって、上半身が露わに。

伊織は大樹の肩から胸にかけて触れて、唇をひと舐《な》めする。

「私は人の体に触れると悪いところがないか診断できてしまうの」

「そ、そうなんだ」

「ええ。だから、大人しく横になっていてね」

「はい……」

伊織は膨《ふく》らんだ筋肉をなぞるように触れていった。

腕、肩、腹、胸の筋肉に触れていき、胸……乳首を指先でカリカリと弄《いじ》り始める。

乳首より来る刺激に、大樹は体を震わせて、眉間《みけん》に皺《しわ》を寄せた。そして、刺激に耐えかねて口を開く。

「ぐ……あっ……先生」

「どうしたの？」

「やめ……くすぐったい」

大樹の制止に応じることなく、伊織はフーッと大樹の乳首に息を吹きかけた。大樹は体をビクンッと震わせた。

伊織は乳首弄られて感じている大樹の反応を見て、ゾクゾクと狂おしいほどに甘い快感が背筋に走っていた。加虐性《かぎやく》を掻《か》き立てられる。

「ふふ。くすぐったいだけ？　正直に言ってくれないとちゃんと診断できないわよ？」

「ぐう、気持ちいい」

「乳首をいじいじされるのが気持ちいいのね？　ふーん。乳首、弱いのね。分かったわ」

伊織が惜しみながら、乳首を弄る指先を止めた。

大樹は安堵《あんど》したように息を吐く。

「ふぅ」

「じゃあ次は……」

「えっ、まだあるの？」

「ふふ。診断するには、より敏感な肌に触れる必要があるのよ。だから我慢して？」

「そんなぁ」

「次は……そうね。こちらの診断も一緒に済ませちゃいましょうか」

伊織は手を大樹の胸に置いたまま、ベッドの上に乗り……大樹の上に跨《また》がった。

顔を下げて、少しの間の後で顔を上げて……。

大樹を熱っぽい目で見据える。

その伊織の姿は恋いこがれる少女のように大樹の目には映って、ドクンドクンと心臓が高鳴った。

互いに発する言葉はなく、キスを交わした。

唇同士が触れ合うだけのキスだった。離れて、見つめ合う。

伊織は再び顔を近づけて、啄《ついば》むようなキスを何度も……何度も繰り返していた。それはまるで、自身がこれまでどれだけ好きであったかを主張するようであった。

頬を赤く、トロンとした瞳……表情を浮かべた伊織は唇を離した。

「んっ……ここには悪いところはないようねぇ。ふふ」

妖艶な笑みを浮かべて、下……大樹の股《また》の間へと移動した。

大樹の穿《は》いていたズボンは股間《こかん》部分があからさまに盛り上がっていた。

大樹は切なそうな表情で上半身を起こそうとする。

「伊織ね……」

伊織は股間部分を撫でながら、大樹の言葉を遮《さえぎ》るように口を開く。

「先生でしょ？　ここ、すごい盛り上がりね……悪いモノが溜まっているかしら？　ちゃんと診断しないといけないわね」

大樹の穿いていたズボン、トランクスを下ろした。

トランクスを下ろしたところで、ボロンとまだ勃起《ぼっき》しきれていない半立ち状態のペニスが現れる。

ペニスを見ると、伊織は目を見開いた。

「お、大きい」と呟《つぶや》き、固まった。

葵《あおい》が言っていたのは本当だったかと内心では思いつつ、口を半開きにして唾液《だえき》をペニスへと垂らす。

唾液を潤滑にして、半立ち状態でまだ柔らかい竿《さお》を扱《しご》き動かす。

合わせて、金玉へと開いていた手で触れた。わやわやと揉《も》んでいく。

伊織はペニスを熱っぽい目で舐めるように見ながら、笑みを深める。

「あぁ。パンパンじゃない。診断するまでもない……ここに凄《すご》く悪いモノが溜まっているわね」

竿をしごき、金玉を揉んでいると、ペニスは固く反り上がっていく。

伊織はペニスをうっとりした表情を浮かべて「あぁ。うそでしょ。大きい……目算二十五センチ以上とか」と呟いた。

頬を紅潮させて、ゴクリと喉を鳴らし……舌で唇を舐める。

「あぁー……。ムラムラしちゃうわ」

伊織がベッドに乗り、大樹の股間に顔を埋めた。

長く赤い舌を伸ばして竿の下からツーっと舐め上げる。次いでキスを亀頭、カリ、竿、金玉へと落としていく。

「ちゅう。悪いモノをいっぱい出せるようにしないとね」

ペニスを呑み込んでいった。

ペニスを喉奥にまで呑み込むと、長い舌を巻きつけ扱き上げ……頭を上下に……時折緩急《かんきゅう》をつける。

綺麗《きれい》な伊織の顔を歪ませながらペニスに吸いついた。じょぼじゅっぽっと、粘度の高い水音が聞こえてくる。

射精感が高まっていき、大樹は切羽《せっぱ》詰まった声を上げる。

「せ、先生、出そう」

「ちゅう……っ」

伊織がフェラをやめてペニスから口を離した。

フェラをやめられて大樹は驚き、戸惑い……落胆《らくたん》した表情を浮かべる。

「え、えぇ」

「ふふ。お口に出したかったぁ？　けど」

伊織が言葉を切った。

体を起こして、タルトスカートをたくし上げ、タイツを下げる。誘惑的な仕草で、レース生地のショーツから透けるヴァギナを見せつける。

「こっちの方がいっぱい悪いモノを出せるから……ね？」

伊織の男を誘う妖艶《ようえん》な姿に大樹はゴクンと喉を鳴らしたのだった。


伊織は服を脱いで……全裸に診察衣だけ羽織《はお》っていた。

診察衣を着ているものの、伊織の豊満な胸、整えられた陰毛、ヴァギナをチラチラと覗《のぞ》くことができる。

伊織の扇情《せんじよう》的な姿に、大樹は心臓が高鳴るのを感じ……痛いほどに勃起していた。

伊織は自身の姿で、大樹が興奮させていることに満たされる。

次いで、亀頭が膨れ上がった太く長いペニスを……膣に入れたらどうなるだろうと一瞬想像した。

想像だけで体温が上がって、子宮が震えるように動き、ヴァギナが濡れ……煮えたぎるような性欲が湧き出してくる。

我慢できなくなって、手早くペニスにコンドームを被《かぶ》せると。

横になる大樹の股下辺りで跨った。

「駒田君……先生のオ〇ンコを使って、溜まった悪いモノをぴゅーぴゅーって抜き取ってあげるわね」

「先生、本当にいいのかな？　俺とは生徒と教師という関係で……」

伊織は小さく笑って。

「安心して。これはあくまで医療行為だから。セックスじゃないのよ？」

「そう……なんだ」

「ええ。先進医療だからぁ。あぁすごい熱くなって……悪いモノが溜まってしまっているわね。急がないと手遅れになってしまうかも知れないわ」

伊織がペニスに触れた。

ペニスの位置を調節して自身のヴァギナ……膣口に当てる。

腰を落として、伊織のヴァギナは大樹のペニスを呑《の》み込んでいく。

まだ亀頭ながら……その大きさに膣内が広げられる感覚に目を大きく見開いた。

「あ、あぁー……んんっすごい大きいわ」

ペニスを握り潰すがごとく強いヴァギナの締め付けだった。

「んっきつい……先生、気持ちいい」

大樹が眉間に皺を寄せて言った。

伊織も苦し気に眉間に皺を寄せて答える。

「んんっ……ん。それはよかったわ」

腰をゆっくり落としていった。

亀頭が伊織の子宮にぶつかって、止まった。

伊織はカハッと息を吐き、身震いする。

互いに声を発さず、動けなくなっていた。

二分ほどして、大樹は息を吐く。

「先生。ムズムズして……そろそろ」

「んんっごめんなさい。先生、こんな大きなオチンポは初めてで……。今、動くから、遠慮《えんりょ》せずに好きなだけ出しちゃいなさい」

伊織が自身の設定した保健室の先生のキャラ通りに余裕を見せて言った。

ただ、体を少し動かすだけで膣内を広げてくる大樹のペニスが気持ちいいところに当たって身震いしてしまう。それでも、奥歯を噛《か》みしめて腰を動かしていく。

パチュンパチュンパチュンと伊織と大樹の肌がぶつかる音が響いた。

伊織は押し寄せる快感に……頰《ほお》を紅潮させて口を半開きにさせながら喘《あえ》ぎ声を漏《も》らす。

「あんっ。はっ。はぁっ。はっ。はぁっ。はっ。はっ。はぁっ。はっ。はぁっ。はぁあ」

「気持ちいい」

「はっ。はぁっ。はぁん……あぁ。どう？　先生のオ○ンコの具合は？」

「先生……気持ちいい。キツさが若干和《じやっかんやわ》らいで、膣壁のヒダヒダがウネウネと……チンコを吸い上げるように動いてくる」

「あんっあぁそれは……良かったわ」

「けど、もっと激しく動いてくれていいよ。こんな感じで……ほらっ！」

大樹は上半身を上げて腰を突き上げた。

パンッと肌と肌が強くぶつかる音が響く。

亀頭が子宮をゴリっと押し込む。

伊織は一際《ひときわ》大きな喘ぎ声を漏らす。

「あぁん！　あぁん！　あぁん！　あああああぁぁー！」

あまりの快感にイッて……体を震わし、思わず大樹の体に抱き付いていた。

力加減ができなく、赤いマニキュアの爪が肩に食い込んでいる。

大樹は気にすることなく、パンパンッと下から勢いよく腰を突き上げていく。

「ほら……ほらほら、勢いよくさ」

伊織は顔を上げて喘ぎ声を漏らしていく。

「あんっ！　あぁん！　あぁあぁ!!　駄……目っ……駒……田君。あぁん。はげ……激しすぎるぅ。待ってぇいぐう。いぐうっ。いぐう。いぐうぅぅぅっ！」

伊織のイッたタイミングで、膣内が収縮して……ペニスを強く締め付ける。

「ぐぅ締まる……俺もそろそろイキそうなんで」

「はぁ。いぐーう。あー……っ！　あぁぁん！　こんなの知らないぃー！　あんっ！　あぁ！

はぁんはじめてぇーはぁん」

大樹は射精感が高まって腰の動きを更に速めていった。

波のように押し寄せる快楽に伊織は髪を振り乱した。

断続的にイキ続けて、頭の中に靄《もや》がかかったように……もう何も考えることができなくなっていた。

大樹がイクっと短く声を上げると、伊織の腰を掴《つか》んで自身の腰を強く突き上げた。

伊織の子宮を圧《お》し潰しながら、ビュービューっと勢いよくコンドームに射精される。

伊織はのけ反りながら、絶叫を上げる。

「あぁぁあああああああっー!!」

頭の中でパチパチと火花が散った後、真っ白に……。

焦点の合わない虚《うつ》ろの目となり、そのままベッドに倒れる。

「ふう」

大樹は射精の余韻《よいん》に浸りながら、ペニスをズルリと引き抜いた。

ただ、コンドームが外れて伊織のヴァギナに残り、膣口から飛び出しているコンドームの口からは白くドロドロとした精液が流れ出てくる。

射精の余韻の中にいた大樹であったが、ベッドが汚れる……っと我に返って。ズボンに常備しているウェットティッシュで素早く精液を拭いて、コンドームを回収する。

コンドームの先が子宮口から中に入って、引き抜くと伊織はビクンビクンと体を震わせる。

それでも、意識を失ったまま動かなかった。

大樹はベッドで横になって息を吐くと、目を閉じた。


三十分後。

ちゅちゅぱちゅ。

じゅー……ちゅぱじゅうう。

卑猥《ひわい》な水音が保健室内では響いていた。

「んっ」

いつの間にか眠っていた大樹だが、下半身からくる甘く痺《しび》れるような刺激に目を覚ました。

大樹の視線の先では伊織がフェラしていた。大樹が起きたことに気付いた伊織はペニスから口を離す。

竿《さお》を優しく手で扱《しご》きつつ、口を開く。

「ふふ。起きたわね」

「おはよう。……ところでさっきの先生プレイ（？）はなんだったの？」

「あー。ちょっとした遊び兼テスト」

「遊びはまぁ分かるとして……テスト？」

「私、動画投稿者専門の芸能事務所で働いていることは言ったでしょ？」

「え？　もしかして？」

「そう。それで……私が担当している動画投稿者の中には『Dtube《ディーチューブ》』に動画投稿している人が何人かいてね」

ディーチューブは世界最大のいわゆる十八歳以上専用の有料動画サイト。投稿されている多彩な動画の数は百兆本を軽く超えているとも言われている。

世界で見られるため、動画投稿者の中には年間一億を稼《かせ》ぐ者もいるとか。

「それで無理難題を言ってくる子も多くいるの……その中にね。セックスに強い……若い男優を確保してくれって言ってくる子がいるのよ」

「はぁ。動画の内容を察するにセックスが強くないといけないのは分かるけど、若い男優じゃないと駄目なの？」

「あーその子、女子高校生モノの動画を主に撮っているの。女子高校生モノの動画となるとあまり映らないとはいえ男優も若い方がいいでしょ？」

「確かに……けど俺も二十歳《はたち》だよ？　女子高校生モノの動画に出るのは」

「いや。二十歳であることが丁度《ちょうど》いいのよ」

「？　どういうこと？」

「ディーチューブでは規制が厳しくなってね。セックスありの動画に未成年の出演が駄目なの」

「え？　そうなの？　それで女子高校生モノの動画をどうやって？　セックスなしの動画？いや、けど……セックスに強いってアレ？」

「……その子、二十一歳だけど凄《すご》い童顔なのよ」

「なるほど」

「ふふ。そのおかげで、葵が決めた『ハーレム条約』とやらにも触れることはないわ」

「あぁー……アレね」

「今までは若め……それでも三十代なんだけど男優を確保していたんだけど。その人が引退？休職？　しちゃったみたいで他を探していたんだけど……セックスが強くて若い男優というのがなかなかいなくて難航していたのよ」

「……それで俺がテストされたと？」

「そういうこと。テストは……お見事パチパチ合格としか言えない。ぜひとも、私の管理する男優になってほしいわね」

大樹は難しい表情で腕を組む。少し思考した後で。

「んーん。葵……」

「葵には許可は貰っているわ」

大樹の言葉に被《かぶ》せるように伊織が先回りして大樹の聞きたいことを答えていった。

「顔……」

「顔出しは髪型を変えたり眼鏡《めがね》をかけたり、メイクしたりして誤魔化《ごまか》せばいいと思うわ。今度、デートがてら買いに行きましょう」

「大……」

「大学のテストとかは事前に言っておいてくれたら、もちろん配慮《はいりょ》するわ」

大樹は苦笑して。

「何？　伊織姉は、俺が言いそうなことを予知しているの？」

「ふふ。子供の頃、大ちゃんと葵の世話を誰が見ていたと思っているの？　まぁ……ここまでの成長は予想できなかったけど。ちゅ」

伊織が微笑《ほほえ》んで、亀頭にキスをした。竿を手で扱く速度が徐々に速くなっていく。

「それで？　駄目かな？　いっそのこと。……ちなみに聞きたいんだけど、今やっているバイトって月にいくら稼いでいるの？」

「え？　バイト？　ファミレスとたまに引っ越しの応援で……月に七万前後かな？」

「もし今やっているバイトを辞めて、私の管理する男優になってくれるなら大学卒業まで月十万円は最低保証するわよ？　もちろん出来高次第で上がるようにする」

大樹の頭の中で、十万円という言葉がぐるぐると回る。

大樹は一度コクンと頷《うなず》いて。

「俺、バイト辞めてくるわ」


三十分後。

大樹と伊織はもう一度セックスした後、部屋のレンタル時間が近づいているということで身なりを整えていた。

大樹はズボンを穿《は》き直して。先ほどの話を思い出して口を開く。

「いや。十万円の誘惑に勢いでＯＫしてしまったが。男優なんてできるだろうか？　幼稚園のお遊戯会《ゆうぎかい》でも大木や月の役しかやってこなかったんだが」

「それは……場数を踏んで慣れるしかないわね。あ、慣れるまでは大ちゃんの耳に超小型スピーカーを付けて私が台詞《せりふ》や指示を伝えようか？」

「台詞くらいは覚えられるよ」

「ふふ。台詞を覚えて言おうとすると間違えたら駄目だと固くなるのよ。大ちゃんは何も考えず、私が伝えた台詞を言って、セックスするだけ……そうすれば随分《ずいぶん》とよくなると思うわよ？」

「そういうモノか……。いや、確かに台詞間違えたらテンパりそう」

「目に浮かぶわ。テンパっている大ちゃん」

「……分かったよ。それで頼もうかな？」

「了解。不安なところは以上かな？」

「まぁ」

「じゃあ。よろしくね。私は担当マネージャー兼セフレってことで」

伊織が大樹の前に右手を出した。

大樹は本当にいいのか？　と伊織に問いかけそうになってすぐに愚問だなと首を横に振った。

伊織に応えるように、右手を出して握手を交わした。

こうして、伊織も大樹のセフレの一員へとなったのだった。

九話　真理は感情の名前を探す。

AIUE KURE
Presents
She recommends
the harem.

七月上旬《じょうじゅん》。

ここは大樹《たいき》の住んでいるアパートからほど近くにある公園。

公園には子供連れや、ペットの散歩をしている人がちらほら見える中、ランニングウェアを身に纏《まと》った大樹が走っていた。

昼飯、何にしようかなぁなどと、ぼんやり考えながら走っていると、ヨロヨロと走っている金髪の女性……真理《まり》がいた。

大樹は真理の隣で歩調を合わせる。

「真理さん、大丈夫？」

「はぁはぁ大樹君は早いねぇ。もう一周してきたの？」

「初日だし。あまり無理しないで」

「そ、そうしようかな？　そうだね。うん」

真理が頷いて、走る足を止めた。

近くにあったベンチに真理と大樹は移動し、並んで座る。

真理は大量に流れる汗をタオルで拭き始める。

「はぁはぁ……熱いよぉ」

「ほら、水を飲んで」

大樹が水の入ったペットボトルを真理に差し出した。真理は表情を緩《ゆる》め、ペットボトルを受け取ると、勢いよく水を飲む。

落ち着いたところで、口元を拭《ぬぐ》って息を吐いた。

「はぁーありがとぉ」

「どういたしまして、真理さんは運動不足だね」

「私、デスクワークだし。運動不足にもなりますよぉ。ただ、最近は……大樹君のアレに無茶《むちゃ》苦茶《くちゃ》にされているから、ちょっと走るくらい大丈夫だと思ったのになぁ」

真理がアレと言って、思惑あり気に唇に触れた。

アレが何か察した大樹は居心地悪そうに、頬《ほお》を掻《か》く。

「まぁ。そう。確かに運動ではあるか」

若干《じゃっかん》気まずい空気になると察して、話を変えようと続ける。

「そう言えば、真理さんって俺とこういう関係になる前は、休みには何していたの？」

「んー……何やってたかなぁ？」

真理が腕を組んだ。難しい表情を浮かべて唸《うな》り声を上げる。

考え出して一分経ったところで、質問した大樹が驚いた様子で口を開く。

「え？　そんな考え込むことなの？」

「うん。本当に思い出せない……何をしていたかなぁ？　寝たり……小説読んだり、友達や同僚と飲みに行ったり、昼寝したり、彼氏とデートしたり、寝たり？」

「睡眠が三回入ったけど？」

「社会人になったら、そういうものなのよぉ？　休日で、五日仕事して疲れた体を回復させないといけないんだから」

「んーまぁ……社会人は大変なのか。けど趣味と呼べるのは読書だけなの？」

「趣味かぁー。昔は薄いほ……いや、なんでもない。そう、コスプレとかしていたよ」

「コスプレ？　どんなの？」

「大樹君。分からないと思うよぉ？　『聖剣戦記《せいけんせんき》』っていう小説」

「ごめん。聞いたことないわ。どんな内容なの？」

「えっと……ねぇ。宝剣や神器が擬人化した世界のお話。擬人化した彼らが世界の覇権《はけん》を争って戦うの」

「へぇー。宝剣や神器って……例えばクー・フーリンの使っていたゲイボルグとか？」

真理はカッと目を開く。

「そう！　ゲイボルグ様！　私の最推しなのぉ！」

胸に手を当てて、声のトーンが上がって饒舌《じょうぜつ》に語りだす。

「ゲイボルグ様はねぇ。主人公からしたら敵なんだけどぉ。戦いの先にある友情っていうのが熱いの。三日月宗近《みかづきむねちか》様との戦場《せんじょう》ヶ原《はら》での戦いは本当に心を震わせたよ」

「……面白いんだ。俺も読んでみようかな？」

「本当に?!」

大樹の読んでみようかな発言に真理は飛び上がりそうになる勢いで、声を上げた。

強まった真理の圧に引きつつも頷く。

「う、うん。媒体《ばいたい》は小説？」

「小説も漫画もアニメもあるけど……新規参入するなら漫画が一番かな？　大樹君が『聖剣戦記』読むなら、漫画でも小説でもブルーレイでも貸すよ？」

「本当？」

「うん。私、布教用持っているから」

「布教用？」

「え？　推しの作品は保存用と自分用と布教用を買うのは当たり前でしょう？」

「？　まぁいいや。借りられるなら借りよう。元は小説？　アニメも面白い？　作画崩壊とかしてない？」

「全然。作画は神だよ。細部まで書き込まれていてさ。絵画なのって感じ。更に言うと声優陣も神で。特にゲイボルグ様の声優さんが津田一郎《つだいちろう》様でさ。渋くてこれまたいいんだよ。初めて聞いた時、私痺《しび》れちゃったもん。それから……さっきも言ったけど三日月宗近様との戦場ヶ原での戦いのシーンとか格好良すぎなんだよ。ゲイボルグ様と鬼丸国綱《おにまるくにつな》様とのシーンが推しとのカップリングが……」

真理が目を輝かせて、『聖剣戦記』の良さ、ゲイボルグ様の良さの語りが止まらない。

大樹には知らない世界、言葉のオンパレードで首を傾《かし》げていた。それでも楽し気に話す真理の姿は新鮮で、話を聞いていた。

それでも十分も語っていると。

「それでね。アニメスタッフも分かっている。いい仕事してくれるって。声を大にして言いたい……あっ」

真理が我に返った表情になった。チラチラと大樹へと視線を向けてバツが悪そうにする。

「ご、ごめんね。私、夢中で語っちゃったぁ」

大樹は気にした様子もなく。手を伸ばして、真理の首筋に触れる。

「ううん。大好きなことを語っている真理さん。新しい一面を見られてよかったよ」

「っ！」

真理はビビッと痺れるような感覚が全身を駆け巡る。

ドクンドクンと心臓が高鳴るのを感じる。

大樹の顔を見ると瞳孔《どうこう》が大きくなってカッと顔を赤くして俯《うつむ》いた。ただ耳まで赤くなったのは隠せていないが。

高鳴っている胸に手を当てて思考する。

え？　何これ。

心臓がきゅっと締め付けられるように痛い。顔が熱いよぉ。

これって……もしかして……恋？

元彼とは親戚《しんせき》の紹介で知り合った。断ることもできたけど、誰かと付き合ったのは私にも恋愛というモノに憧れと焦りがあったからか。

だから、恋していたわけではない。

付き合ってから恋という感情を育《はぐく》んでいくのかなとか思っていた……。まぁ結局は育む前に別れてしまったんだけど。

更に言うと、元彼と出会う前にも私は男性を恋愛対象として好きになることはなかった。

つまり、私は恋を知らない。

知らないから、今抱えているこの感情を断定することはできない。

ただ、比較するのは失礼かも知れないけど、アニメでゲイボルグ様のお声を聞いた時と似た
……いや、それ以上の衝撃だった。

けど、私の好きなモノの話を聞いて、それを肯定してくれた。ただ、それだけで恋？

私って、そんなちょろいの？

私には……大きなことだったのかな？

そもそも、私はオタ活のことは話さないようにしていた……のに。

同じオタである幼馴染《おさななじみ》の女友達にしか話してない。

昔、高校で知り合った友達に話した時にドン引きされたことがトラウマになっているんだと思う。

高校を出て、短大、社会人で知り合った人には話していない。もちろん元彼にも。

じゃあ、なんで大樹君に話せたんだろう、なんでだろう？

セフレっていう気軽な関係だから？　弟のように思っていたから？

話して崩れるような人間関係じゃないから？

分からないけど、話してしまった。

……自分の心というのは分からないなぁ。

もしかしたら、私はもっとオタ活……推しについて誰かと話したかったのかな？

オタクとして推しの布教用を用意するのは当たり前だけど……誰にも薦めないなら本来必要ないモノ。

オタクである私をちゃんと見てくれて受け入れてくれたことが大きかった？

……だから恋？

いや、断定するには早い。もう少し長い目で見て……この芽生《めば》えた感情に名前を付けよう。

幸いに私は大樹君のセフレで限りなく近い位置にいるんだから。

思考を終えた真理が顔を上げた。頬を赤く、熱っぽい視線を大樹に向ける。

こんな分かりやすい真理のサインであるのだが、残念なのは大樹が恋愛関連に対して鈍感なところだろう。いや、恋愛に関して自己評価が低すぎるのか。

真理の様子に大樹は首を傾げて。

「ん？　顔赤いけど具合が悪くなった？　走ったから？」

「ううん……。大樹君って本当に鈍感だよねぇ」

「急な悪口？　俺、何かやったかな？」

「なんでもないよぉー」

「本当？」

「本当に大丈夫だから。さあ、帰ろう。葵《あおい》ちゃんがアパートで待っているでしょ……いっ！」

真理が会話を切って立ち上がろうとした。しかし足からくる鋭い痛みに体をよろめかせる。

大樹は咄嗟《とっさ》に倒れそうになった真理を支える。

二人の顔が息の当たるくらいにまで近づく。

「っ！」

真理が更に顔を赤くして離れようとしたせいで、後ろに倒れそうになった。

大樹は『どうしたんだ？』と内心で疑問に思いつつも真理の手を取って。そのまま真理の体を抱えて……お姫様抱っこする。

真理は戸惑いながら、大樹の体にしがみ付く。

「え？　ええ？　ど、ど、どうしたの、いきなり」

「足痛いんでしょ？　病院……いや、骨が折れたようではないから、まず家で冷やして様子を見よう」

お姫様抱っこで大樹に限りなく近づき、体、体温、匂《にお》いを感じた。

真理の心臓はこれでもかというほどに高鳴り、体も熱くなる。

「じゃあ。動き出すから……しっかり摑《つか》まっていてね」

大樹とお姫様抱っこされた真理は公園を後にするのだった。

ちなみに二人は気付いていないが、子供連れやペットを散歩する人……公園にいた人達から微笑《ほほえ》ましいモノを見る視線で見送られていた。

後日、大樹が葵とその公園を歩いていると、大樹にゴミを見るような視線が向けられた。

更に後日、真理が買い物がてら公園を歩いていると、中年女性から「貴女《あなた》の彼氏、浮気しているわよ」と言われることに。

この時、真理が気を利《き》かせて「義弟です」と弁明したおかげで……大樹にゴミを見るような視線が向けられることはなくなった。

しかし、同時に大勢の前でお姫様抱っこされていたことに気付いて、赤面して……その日は自身のベッドから出てこなかったとか。

ここは大樹が暮らしているアパートの部屋。

ランニングを終えた真理と大樹が帰ってきた。もちろん真理は大樹にお姫様抱っこされたまま。

大樹は部屋の扉を開く。

「ただいま」

「お帰りって……どうしたの？」

部屋に入ると、葵が出迎えた。真理をお姫様抱っこで帰ってきた大樹を見て、首を傾げる。

「真理さんが足痛めたみたい」

「ふーん」

葵は目を細めて、大樹にお姫様抱っこされている真理の様子を見た。少しの間の後に、確かめるように真理の足を触れる。

「これは……捻挫《ねんざ》だね。シップ買ってくるよ」と家から出た。

リビングに入ると、大樹はお姫様抱っこしていた真理をベッドに降ろした。

「ベッドに寝かせるぞっと」

大樹の体が離れると真理は寂し気な表情になる。

「あ……」

潤んだ瞳を大樹に向けて、すぐに俯いた。

大樹は「捻挫って炎症だから……やっぱり冷やした方がいいだろう」とキッチンに向かっていった。

真理は大樹の背を見送って呟《つぶや》く。

「私……」

真理の捻挫を治療した後、大樹、葵、真理で昼食を食べていた。

腹が膨《ふく》れたところで葵は妖艶《ようえん》な笑みを浮かべて、大樹の肩に手を置く。

何も言わずに顔を近づけて、キスをした。

大樹もキスに応えて舌を葵の口内へ入れ、舌同士を絡め合う。

ちゅちゅぱっと卑猥《ひわい》な水音が室内に響く。

大樹の左隣に座っていた真理は大樹と葵とのキス……情熱的なキスをする様子を目の前で見ていた。

心臓がキュッと締め付けられ、降って湧いた妬《ねた》ましい感情に戸惑う。

無意識なのか真理は視線を大樹達から逸《そ》らした。表情を隠すように口元を押さえた。

強い嫉妬《しっと》の後で、私も……私もと羨《うらや》ましい思いが芽生《めば》え。

自分のことを主張するように豊満な胸を大樹の左腕に当てる。

大樹と葵がキスを終え……唇と唇との間に唾液《だえき》の橋が伝った。

熱っぽい視線を交える。

葵ははぁ……はぁ……と熱い吐息を漏《も》らす。大樹は目を細めて、葵の頬《ほお》に触れた。

大樹と葵がキスを再開しそうな雰囲気《ふんいき》。

その雰囲気を察した真理は躊躇《ちゅうちょ》した後に口を開く。

「わ、私にも……キス」

葵は悪戯《いたずら》な笑みを浮かべて。

「足。大丈夫？　キスしたら捻挫悪化しない？」

「むむ。足の捻挫、キスに関係ないよぉ」

「そうかなぁ」

「そうだよ」

「まぁ『ハーレム条約』に〝みんななかよく〟ってあるし、仕方ないな。ほら……大樹、真理さんがキスを待っているよ」

「え？　あ。うん」

大樹が葵に促されて真理へと体を向けた。

真理の上目遣いに、ドクンッと心臓が大きく動くのを感じる。

真理は大樹の胸に手を置いて、体を起こした。

一度、潤んだ瞳で見つめると、顔を近づけて真理の方からキスをした。

大樹と真理が舌と舌を絡め合うと。唇の隙間《すきま》からちゅぱっと卑猥な水音が響く。

この時、大樹は内心驚いていた、いつもよりも積極的に動く真理の舌の動きに。

息を漏らしつつもキスを続けた。

キスを終えると、真理ははぁはぁはぁはぁはぁっと熱い吐息を漏らす。

ここで葵が大樹のズボンに手をかけた。ちなみに葵はすでに服を脱いで、レースの下着姿となっている。

「それじゃあ。大樹、脱ぎ脱ぎしようね」

大樹の穿《は》いていたズボンは股間《こかん》部分が盛り上がっていた。

大樹は窮屈《きゅうくつ》に感じるズボンを、トランクスを脱いでいく。

葵はキスの余韻《よいん》に浸っていた真理へと視線を向ける。

「真理さんは足を動かすのはよくないから、セックスはお休みだね」

「……え？　なんで？　いや……足を動かさなければ大丈夫だよぉ」

「そう？　さすがに悪化しちゃわない？」

「大丈夫……今日はいっぱいセックスしたい気分だから」

「そうかな？　真理さん、今日はいつにも増して積極的。何かあった？」

「な、何もないよぉ。普通」

「そうかなぁー」

葵が思惑ありげに笑った。ショーツのクロッチ部分をずらして、しっとり濡れているヴァギナを露出する。

葵は若干《じゃっかん》強引に大樹の前に、体を滑り込ませて。

「ただ、こういうのって早い者勝ちだよね。んっ。あぁー……」

キスをしつつ、ヴァギナをペニスに擦り付けた。次いで腰を落とし……ヴァギナでペニスを呑《の》み込んでいく。

葵はペニスを呑み込むと、快感に震えながらも自ら腰を動かし始めた。

喘《あえ》ぎ声、肌と肌がぶつかる音が響く。

「はんっ！　はぁん！　はんっ！」

唐突《とうとつ》に始まった対面騎乗位のセックス。大樹は目の前で弾む葵の左胸に顔をうずめる。

葵は腰の動きのストロークを短くして、大樹の顔に胸を押し付ける。

「あんっ」

大樹はすでに固くなっていた乳首を口に含んでちゅちゅぱっと音をたてて吸い、舌で舐《な》める。

その時、大樹の左肩にポヨンとした柔らかい感触が当たる。

顔を赤くした真理がその豊満な胸で左肩を挟むように押し付けていた。大樹の左手を取って……いつの間に露わになっていた自身のヴァギナへ。

「んっ……私も……私も」

大樹は真理に視線を向けて。

「あぁ。真理さん、いつもより積極的……足、気を付けてな」

左手の指の腹を擦りつけるように真理のヴァギナに触れた。

漏れ出てくる愛液で指を濡らしたところで膣に入れていく。

膣の入り口付近を、ぐちゅぐちゅっと弄《いじ》った。

「あん……あぁ……んっあぁ」

真理が悶《もだ》えるように短い喘ぎ声を漏らした。

葵と真理は大樹の頬に触れる。

「あぁんっ！　もっと……もっと愛してぇ」

「私も……あんっ」

大樹は美女に囲まれ、求められている状況に優越を感じつつ、呟く。

「今日は忙しいなっと」

若干惜しく思いながらも、葵の胸から顔を離した。

そしてまた腰を突き上げ、動かし始めるのだった。

十話　伊織は大樹をイケメン化したい。

AIUE KURE
Presents
She recommends
the harem.

七月中旬《ちゅうじゅん》。

夏に本格的に入って、街全体がジリジリと暑くなっていた。

大樹《たいき》は暑さを避けて駅構内にある銀の時計台で待っていた。

スマホを弄っていた。

そこに一人の女性が大樹へと近づいてくる。

美しい女性である。

露出の多い服装ではないものの、色気が醸《かも》し出されていて……周りを歩く男性達は振り返り女性へと視線を向ける。

女性が大樹を見つけると、パッと顔を明るくして声をかける。

「やほー待った?」

「遅いな。伊《い》織《おり》姉」

大樹は近付いてくる女性……伊織に対して苦笑を向けた。スマホをポケットにしまって答えた。

「そこは今来たところでしょう？」

「俺は正直者だから」

「そういうところ変わらないわね」

「人間、簡単には変わらない」

「確かに。じゃ……行きましょうか」

伊織が大樹の手を取って、腕に抱き付いた。

大樹は柔らかい胸の感触が腕に伝わって……目を見開く。伊織の耳元で小さく囁《ささや》く。

「え、つけてないの？」

伊織は艶《つや》めいた笑みを浮かべる。

「そうよ。ブラはもちろん……スカートの下にはストッキングしか着けてないわ」

「なんで？」

「ふふ、準備万端にしてきたの」

「準備万端って……」

「大ちゃんとデートだし。それに……」

伊織が言葉を切った。不満げに頬《ほお》を膨《ふく》らませて、続ける。

「そもそも二人でお出かけ自体初めてでしょう？」

「いや、そんなことは……。アレ？　よくよく思い出すと確かに初めてか。出かけるにしても、家族か、葵《あおい》かがいたな」

「本当に……特に葵とべったりだったから。嫉妬《しっと》とかもしていたんだから」

「え？　伊織姉が？」

「大ちゃんは私が嫉妬しないと？　そんな完璧《かんぺき》な人間じゃないわよ」

「そうなのか……」

伊織は肩に頭を乗せつつ、上目遣いで。

「そうなの。好きな相手は独《ひと》り占《じ》めにしたい。だから、今日はいっぱい甘えさせてね」

「できる限り……って今日は俺の変装道具を買いに来たんではなかったかな？」

「そう言えば。けど男女で出かけるんでしょ？　じゃあ、それはデートよ。今日は私が最愛の恋人だから、よろしくね？」

「あぁ。伊織姉は……」

「今日は最愛の恋人でしょう？　呼び方は伊織で」

「……伊織」

伊織は顔を若干赤くして、はにかむように笑う。

「はい。ふふ、なんか背中痒《かゆ》いわね」

「呼び方、変えるのやめておく？」

「いや。伊織で。じゃあ、こんなところで立ち話していたら勿体《もったい》ないから行こう？」

伊織は大樹の腕を引く形で、街を歩き出した。

ここはメンズのアパレルショップ。

試着室のカーテンを開けて、大樹が姿を現す。

大樹は白のタイトなシャツにダークブルーのジャケットを羽織《はお》り、黒のチノパンを穿いていた。

「むふぅーいいわね。いいわね」

「ええ、いいですね」

伊織と女性店員が満足げな表情を浮かべ、大樹に近付いた。

対して大樹は複雑な表情を浮かべる。

「なんか窮屈《きゆうくつ》」

「それがいいんじゃない。このタイトなシャツとパンツの方が貴方《あなた》の美しく強靭《きようじん》な筋肉を強調してくれるのよ?」

「伊織がいいならいいよ」

大樹は納得いかないといった様子であるものの、頷《うなず》いた。

元より、大樹の意見など聞く気がなかったのか、伊織は女性店員へと視線を向ける。

「それで店員さん」

「はい。なんでしょう?」

「悪いんだけど。この子のセンスは壊滅的だからいくつか服を見繕《みつくろ》ってくれる?」

「……分かりました。準備します」

伊織と女性店員のやり取りを見ていた大樹は『俺はいつまで着せ替え人形を続ければいいのか』と内心ではため息を吐いていた。

女性店員が離れていったところで、大樹が伊織に声をかける。

「この服って……動画に関係あるの? だって、女子高生の動画なんでしょ? 制服なんじゃないの?」

「制服や体操服は大ちゃんのサイズに合わせたモノを発注してあるわよ」

「じゃあ。これは?」

「それは大ちゃんがより格好よくなってもらうための私からのプレゼント」

「格好よくって、自分で言うのも悲しいけどお金の無駄では？」

大樹が渋い表情を浮かべて、目の前にあった姿見の鏡へと視線を向けた。

「私はどうしても色眼鏡《いろめがね》となってしまうけど。客観的に見て、大ちゃんは髪と眉《まゆ》を整えただけで中の上か上の下くらいにはなると思うわよ？」

「今までと……中の中とそれほど変わらない気がするんだけど？」

「変わるでしょ？　大きな違いがあるわ。身なりと顔面偏差値が上がったら……大ちゃんの体格は上の上なんだから、モテるわよ？　葵も見直す……いや、あの子はそういうのまったく気にしないかも知らないけど。本当に周りの目が変わるんだから」

「んー葵が気にしてないならいいんじゃない？」

「周りの目が変わったら、生きやすくなるの。騙《だま》されたと思って私の言うことを聞きなさいよ」

「伊織は葵と同じで、言い出したら聞かないからなぁ」

「ふふ。分かっているんじゃない。ここが終わったら次は美容室とウィッグ専門店を予約してあるから」

「マジか」

大樹はがっくりと肩を落とした。

ここで、大量の服を持った女性店員が戻ってきた。

一時間、着せ替え人形をやった後、女性店員に見送られて店を出る。

「ありがとうございましたぁ。お洋服はご自宅に送らせていただきます」

仕事をやり遂《と》げたという満足げな表情の女性店員が深々と頭を下げた。

大樹は店から離れたところで、息を吐く。

「ふうー三十キロ走るよりも疲れた。これは、もしかして筋トレになる？」

「もう疲れた顔しないの。せっかく上の下ほどに格好よくなったんだから、シャンとしなさいよ」

「はいはい。ありがとうございます」

「『はい』は一回でしょう？　まったく……」


二時間後。

大樹と伊織がアパレルショップや美容室などいくつかのお店を回った後に、雰囲気《ふんいき》の良い外観の建物の前にやってきた。

伊織がその建物を指さす。

「ここが最後の店」

大樹は店を覗《のぞ》きながら、伊織に言う。

「うわーなんか高そうな店じゃない？　ただカツラを作るだけなんでしょ？」

「カツラじゃなくて、ウィッグもしくはエクステよ」

「一緒じゃない？　浮気とセカンドパートナーくらい同じじゃない？」

「修羅場《しゅらば》とハーレムほどに違うわよ」

「修羅場とハーレムって天と地ほどに違うじゃん」

「天と地ほど違うの。ほら、無駄話してないで入るわよ」

伊織が大樹の手を引いて、店内へと入っていった。

店内に入るとすぐに、スーツの女性店員が出てきて大樹達を出迎える。

「いらっしゃいませ。ご予約いただいておりますでしょうか？」

伊織はコクンと頷く。

「ええ。予約した立花《たちばな》よ。この子のオーダーメイドウィッグを」

「立花様、畏《かしこ》まりました。では……三次元計測をしますので。フィッティングルームへ。お連れのお客様は待合室でお待ちください」

四十分後。

金髪となった大樹が渋い表情を浮かべる。

「この髪、派手過ぎない？」

赤色、茶色、白色の髪……ウィッグを持った伊織が首を傾《かし》げる。

「そうかしら？　似合っていると思うわよ」

「いや、派手でしょう。アレじゃない？　アレを撮るのは高校って話じゃなかった？　高校でこのドギツイ金髪はなかなかいないんじゃないかな？」

「確かに……。似合うけどなぁ」

伊織が惜しむような表情を浮かべた。大樹の金色の髪に触れて、じーっと何か考えているようだった。

少しの間の後で、顔をハッとさせる。

「そうよ。不良役をやるかも知れないから……金髪も作っておけばいいわね」

「不良役？」

「そうそう。だから、金髪……いや、白髪の方が良いかしら？　あ、格好いい。最近のトレンドは白髪なのよねぇ。んー悩む」

伊織が大樹の頭から金髪のウィッグを取ると、白髪のウィッグをのせた。いろいろ付け替えていった。

結局、三十分ほど悩んだ末に明るめの黒髪と白髪、茶髪のウィッグを作ることになった。

ちなみにウィッグの会計をする伊織を後ろから見ていた大樹は、ウィッグ三つの価格に目を大きく見開いていたとか。


三時間後。

ここは、とあるホテルの一室。

夕食を済ませた大樹と伊織が入ってくる。

部屋は間接照明で最低限の明るさしかなかった。薄暗くしているのは、窓から夜景を見るための演出であった。

部屋の大きな窓から望む街の夜景は、宝石を一面に散らばらせたようであった。

お酒が入って頬《ほお》を赤らめた、トロンとした表情の伊織が呟《つぶや》く。

「綺麗《きれい》ね」

大樹は目を細めて。

「本当に、これは凄《すご》い」

互いに何もしゃべらずに、ただ夜景を眺めていた。

伊織が大樹を見上げた。手を大樹の背中に回す。

大樹はその意図を察して、伊織に顔を近づけてキスをする。最初は触れるだけのキス……。

続けて互いの舌を絡めて貪《むさぼ》るようにキスを始める。

唇を離すと、伊織ははぁはぁっと熱い吐息を漏《も》らした。そして大樹の袖《そで》をクシャッと摑《つか》む。

「大ちゃん……」

熱っぽい目で訴えかけた。

大樹は何も言わず、伊織を抱え……お姫様抱っこしてキングサイズのベッドへと運ぶ。

一旦離れると、手早く自身の服を脱ぐ。勃《ぼっ》起《き》したペニスにコンドームを付けていると……。

伊織は切なげな表情で。

「……もう我慢できないの」

下着を付けていなかった。故に上着を脱ぐと豊満な胸が、スカートを捲《めく》るとストッキングに包まれたヴァギナが見て取れる。

伊織はストッキングのクロッチ部分を破って、ヴァギナを露出した。

ストッキングが破れ覗くヴァギナはすでに濡れている。

「みてぇー私もう」

伊織の姿は卑《ひ》猥《わい》で官能的。

更には大樹を誘うように指でヴァギナをクパッと開いてみせた。

大樹は鼻息荒く、そのまま伊織を押し倒す。

「伊織っ！」

「あんっ……無茶苦茶《むちゃくちゃ》にしてぇ」

ベッドの上に、伊織の長くウェーブした茶髪がファサッと広がる。

大樹は伊織に覆《おお》い被《かぶ》さってベッドに右手をついた。左手でペニスを支え、亀頭を伊織のヴァギナ……膣口へと当てる。

何も声を掛けることなく膣内にペニスを押し込んでいく。

伊織は首を横に振って喘《あえ》ぎ声を漏らす。

「はん。あぁー……あんっあっあっ大きいぃ。大ちゃん。大ちゃん、私のオ○ンコ気持ちいい？　んっあぁ」

「ぐっ。ぬるぬるで吸い付いてきて、気持ちいいっ」

伊織のヴァギナは抵抗なく……むしろぬるぬるのヒダヒダが吸い付くように大樹のペニスを受け入れていった。

亀頭が子宮に達し、ゴリっと押し上げたところで、伊織が顔を上げる。

「あぐぅっ！　これ……これよ。んっ、この満たされている感覚、久しぶりぃ」

「ぐぅ」

「はんっ！　もっと乱暴に犯してぇ！」

伊織が手を伸ばして大樹の頬に触れた。

大樹は伊織の太ももに手を回し、抱えるように持ち上げた。

駅弁スタイルとなって、突き上げる。更には腕で伊織の体を強制的に降ろす。

ペニスに体を貫かれたそんな衝撃が伊織に走る。

目を大きく見開く。

カハッと息を大きく吐く。

ヴァギナ……尿道口からピュッと潮が飛び出してきた。

大樹は伊織の要望に応えるように駅弁スタイルのままで腰を動かし始めた。亀頭が執拗《しつよう》に子宮を突き上げる。

伊織は大樹の首に腕を回した。

「あぐっ！　はん！　あぁーいぐう!?　いぐう!!」

イッて、尿道口からプシュッと潮を噴き、足先をビクビクと動かした。

伊織がイッても、止まることなく腰を動かす。

そのまま大樹は歩いて、大きな窓の前に。

夜景を眺めて、ニヤリと口を歪める。

「ほら、伊織」

腰を突き上げ……深くにペニスを突き刺した状態で止まった。

「はんっ！」

「いい景色……けど、今の伊織の姿が丸見え」

大樹の言葉がぼやけていた伊織の頭に入ってきた。

夜景へと視線を送る。

外から丸見えになっている状況に伊織は首を横に振った。大樹の体に強くしがみつき、密着する。

「はんっ！　窓から離れて……見られちゃうよ！」

「飛びっきりエッチな伊織を見せつけてやろう」

「あんっ！」

大樹は伊織の体を持ち上げて、ペニスを引き抜いた。体位を変えるべく伊織を窓へと押しやり腰を後ろに突き出させる。

「ほら、ちゃんと見て」

ペニスを後ろからヴァギナ……膣口に入れていった。最初から遠慮《えんりょ》なしに腰を動かしていく。

伊織は首を横に振って。

「らめ……らめぇ！」

口では拒否するも強く抵抗することはなかった。それはむしろ望んでいたようで。

伊織には秘めた性癖《せいへき》……露出癖というか、破滅願望というモノが人よりも強くあった。

彼女はしっかりとしたお姉さんである。

そんな彼女に破滅願望などという秘めた性癖がなぜ芽生《めば》えたのか……。

それは時を遡《さかのぼ》って彼女が中学二年生であった頃、小学三年生であった大樹に危機を救い出されたのをきっかけに、好きになってしまったことにある。

中学生であった自分が五歳も年下の小学生を……禁断とも思えてしまう妄想をしながらオナニーに興じていた。

禁断……いけないことが、しっかり者である伊織を何よりも興奮させていた。

実際、今も口では駄目と言いつつも、抗《あらが》うことはなく。

誰かに見られたらおしまいだと意識すればするほど、体が熱に浮かされたかの如く熱くさせ。

愛液がダラダラと流れ出て、ペニスが動く度《たび》にぶちゅじゅぽっと卑猥な水音が鳴る。

「あぐっ！　いぐっ！　駄目なのにぃ！　いぐうぅ！」

伊織が断続的にイキ続けた。

髪を振り乱し、ヨダレをダラダラと流す。

大樹は伊織の肩を掴《つか》む。

「あのビルから望遠鏡で見られているんじゃない？　ネットにアップされたら、男の夜の世話係だね。今日も一緒に歩いていて、男どもが伊織をチラチラ見ていたから、夜の世話係として大人気だね」

伊織には視界がぼやけて、もはや夜景は入ってこない。

ただ、変わりに大樹に言われた通りに男達から好色そうな目つきで見られる……そんな映像が浮かぶ。

それと同時に快楽が全身を駆け巡って、頭の中が真っ白になる。

「いやぁぁあぁぁあっ！　あああぁっいぐうっぅううううう!!」

ガクガクと大きく痙攣《けいれん》しながらイッた。

尿道口からプシャッと潮を噴く。

膣内が収縮して、ヒダが絡みつくようにペニスを締め上げる。

大樹は苦悶《くもん》の表情を浮かべて、呟《つぶや》く。

「ぐう！　出るっ！」

射精の勢いでコンドームが精液で膨《ふく》れた。それは子宮口に少し入り込むほどだった。

「あっぅ……あぁーぁぅ」

伊織が体をビクンと一度大きく震わせた。

うわ言のように喘ぎ声を漏《も》らすと、全身から力が抜けて、窓にもたれる形で座り込んでしまった。

ただ大樹の射精はほんの一回目。まだまだ伊織との夜は続いていく。

十一話

真理は夕暮れの道を歩く。

七月下旬《げじゅん》。

時刻は夕暮れ時。

ここは大樹《たいき》の住んでいるアパート近くの路地。

「ふぁー暑いなぁ」

大学を終えた大樹がアパートへの帰路についていた。

唐突《とうとつ》にバイブレーションの音が響く。

ポケットからスマホを取り出して、画面を確認する。

スマホの通知画面には『宛名：水戸明楽《みとあきら》　件名：バイトについて』と表示されていた。

大樹は渋い表情を浮かべて。

「バイトを辞めてからというもの、明楽から送られてくるメールの圧が凄《すご》い。圧が。……しかし、動画出演の件は話せないしなぁ。どうしたものか」

AIUE KURE
Presents
She recommends
the harem.

しばらく歩いていると、金髪の女性を見かける。大樹は歩を早めて、その金髪の女性へと声をかける。

「真理《まり》さん」

「きゃっ！」

金髪の女性……真理がどこか怯《おび》えた様子で小さく悲鳴を上げた。自身を守るように胸の前に手を置いて、距離を取る。

「え、どうしたの？」

「はぁーなんだぁ。大樹君か」

「俺、驚かせるようなことしたかな？」

大樹が首を傾《かし》げた。

真理は視線を下に向けた。若干《じゃっかん》言いづらそうに口を開く。

「……最近、誰かに見られている気、後をつけられている気がするんだよねぇ」

大樹が強引に真理を抱き寄せて、キョロキョロと周りに視線を巡らす。

周囲を警戒していた大樹だったが、辺りには大樹と真理の他には誰一人いないように見えた。

「今はいないの？　気をつけて真理さんは美人なんだから」

真理は大樹に抱き寄せられたことで、尾行されている不安とかが飛んでいた。

心臓が高鳴って、夕暮れでオレンジ色に染まって分かりづらいが顔を赤くしている。

固い胸板に頰《ほお》を当てて、大樹の問いに空返事《からへんじ》するのがやっとだった。

「う、うん」

「誰かに尾行される心当たりは？」

「えっと……分からない」

「警察には行った？」

「警察に相談しても、見回りが増えるだけらしいから」

「警察はまったく役に立たないけど、相談した履歴《りれき》を残した方が何かといいし。今から行く？」

「えっと、今日は疲れたし。明日にする」

大樹は少し考えた後、真剣な表情で。

「……そう。じゃあ、俺もついていくわ」

真理はパッと顔を明るくする。

「ほ、本当ぉ？　本当に一緒に来てくれるの？」

「うん。危ないでしょう？」

「ありがとう」

「何かあったら連絡してね？　俺なら真理さんのスマホの位置情報を見ることができて、助けに行くことも、警察とかに連絡もできるから」

「うん」

　大樹が体を離すと、真理は寂し気な表情を浮かべた。アパートへと歩き出そうとしたところで、真理が大樹の上着の袖《そで》を掴む。

「あの……あのね。手、繋《つな》ごう？」

「ん？　そうだな」

　大樹が真理の手を取って、歩き出した。

　手を繋いだだけ、それだけで真理は初々《ういうい》しくも心臓が痛いほどに鼓動していた。

　心臓の音が大樹に聞こえてないか？　手汗がぁー。などと不安に思いながらも、大樹の手は離さず、チラリと大樹へと視線を向ける。

「大樹君って、最近格好よくなったよねぇ？」

「真理さんにそう言ってもらえるなら。この前、伊織《いおり》姉に服屋と美容室に連れていかれたかいがあったのかな？」

「葵《あおい》ちゃんは……そういうの気にしないのかな」

「葵は、俺と一緒でまったく気にしないね。うん」

「まぁ。何にしても、大学とかでモテるんじゃないの？　女の子に声掛けられない？」

「あぁー……言われてみると大学を歩いていたら女の子から声掛けられたっけな。急いでいたから適当に流したけど。よくよく考えると……今までそんなことなかったな」

真理は自分で聞いておいてモテている大樹の姿を想像して、ムッとする。

「ふーん」

「？　何かあった？」

「なんでもないよぉー」

大樹は真理の機嫌が急に悪くなったことを察した。

ただ、彼は鈍感で、理由は分からない。

それでも、こういう時は話を変えるのが良いと、葵と伊織との付き合い、元バイト先のファミレスで学んでいた。

「モテるといったら、巨乳の美人さんである真理さんの方が圧倒的にモテるじゃないの？」

「私？　そんなことないよぉ」

「真理さんの会社で年齢近い男は全員、気があると思うよ？　帰りに食事に誘われたりするでしょ？」

「それはあるけど、モテてるのかなぁ？　いや、でも職場の人と恋愛することはないから。だって、仕事がしにくくなる……もし別れたら職場の空気最悪じゃない？」

「それは確かに。俺の元バイト先であるファミレスでもよくあったな。……こちとら、接客業だってのに」

「ふふ。接客業で空気最悪とか。もう地獄だね」

「そうそう。あと、俺んところだと彼女持ちの同僚が……お客さんに手を出して、そのお客さんが凸《とつ》してきてさ。コップや食器が飛び交う修羅場《しゅらば》に。それは後に『血皿の悲劇』って言われて」

大樹と真理は談笑しながら帰路についたのだった。

そんな大樹達から離れたところにある電信柱、その物陰から中年男性が顔を出した。

そして、大樹達に気付かれないように、細い脇道へと消えていったのだった。

アパートの大樹が暮らしている部屋の前にて。

扉に手をかけたところで、大樹が口を開く。ちなみに隣の部屋の前では真理も扉を開けようとしていた。

「そうだ。今日は俺んち泊まっていく？」

「え？　いいの？」

大樹の提案に真理は鍵《かぎ》を落としそうになりながら返事した。葵と真理、伊織……セフレの間で大樹の部屋に来るのは事前申請のシフト制となっている。

真理は口角を上げて嬉しそうにしたものの、すぐに視線を下げる。

「明日は……伊織さんが持ってきた仕事……動画出演するんじゃないの？」

「理由が理由だし。一人でいるのは不安じゃない？　こっちから葵と伊織姉に連絡すれば大丈夫でしょう」

「うん。なら、お邪魔しようかな」

大樹は扉を開けて、真理を先に入れた。

真理の後ろから部屋へと入る。

「あ……部屋で着替えてくる？」

「ううん。Tシャツ貸してくれたら大丈夫。わぁー、久しぶりの大樹君の部屋だぁ」

「久しぶりって……この前デート行ったじゃん」

「その日は映画館デートして、最後はラブホに泊まったじゃない。だから部屋には入ってないでしょ？」

「そうだった。それでも一週間しか経ってないと思うが……」

大樹が顎《あご》に手をあてて、呟《つぶや》いていた。

大樹の呟きを聞き流しつつ、真理はキッチンに入っていく。

「それより夜ご飯どうしようか？」

「食材は買ってあるから野菜炒《いた》めを作ろうかと思っていた」

真理はキッチンに入るや、何か思い付いたように声を上げる。

「あ……じゃあ。私が作ってあげるから。大樹君はお風呂沸かしてくれる？」

「分かった」

大樹が頷《うなず》き、風呂場へと入っていった。


十分して、大樹が風呂の準備を終えて、キッチンへと戻ると。

彼は、鼻歌を歌って料理する真理の後ろ姿を見て固まった。

「っ!?」

真理は裸にジーンズ生地のエプロン一枚しか付けていない……いわゆる、裸エプロンで料理をしていた。

料理するために後ろで髪を縛《しば》ったことで覗《のぞ》くうなじ。

染み一つない背中。

綺麗《きれい》な形のお尻。

そして、大きな胸がエプロンを押し上げて、横からの胸……通称横乳《よこちち》。

エプロン一枚が真理の扇情的《せんじょう》な女体を際立《きわだ》たせていた。

大樹は真理の裸エプロン姿を目に焼き付けるように見ていた。

真理の後ろから抱き着き、耳元で囁《ささや》く。

「真理さん。エロいな」

「んっ……危ないよぉ？」

真理が注意しつつも、嬉しそうに身をよじらせた。

「あんっ」

「真理さんがエロいのが悪い」

「そっか……私が悪いんだ。あ……んっ」

真理は艶《つや》めいた笑みを浮かべた。まな板を前に押し、包丁を仕舞う。

大樹は舌を伸ばして肩辺りから首筋にかけて、ツーッと舐《な》め上げた。

「そう」

エプロンの上から、真理の胸を絞《しぼ》るように揉《も》んだ。

エプロンの生地にクシャッと皺《しわ》が付いて、真理の乳首がチラリと見える。

「んっ……あぁ」

大樹は真理の肩、首、うなじにキスをした。

それと同時にエプロンの上から胸を揉んで、乳首を人差し指で弄《いじ》り始める。

「真理さん……エロい。ほんとに、こんな格好で誘ってくるなんて」

真理は悶《もだ》えるように喘《あえ》ぎ声を漏《も》らす。

「あ。あっ……あっ……あぁ……んっ……あっ……あんん……あっ……んっ……あぁぁ」

後ろを振り返って、訴えかけるような潤んだ視線をむけた。大樹の手の上に手を置き、人差し指と中指を絡める。

「大樹君……キスしてぇ」

「っ真理さん、エロ過ぎ」

大樹が真理に顔を近づけた。

舌と舌を伸ばし……舌先を絡め合わせるようにキスをする。

ぴちゃ……ちゅちょぱっと粘着質のある水音が聞こえてきた。

キスを終えると、大樹が真理の耳元で囁く。

「作ってもらって悪いけど、ご飯の前に真理さんを食べたい……良いかな?」

真理は笑みを深めて、コクンと頷く。

「ここでは危ないから、ベッドでねぇ?」

真理の答えを聞くや、大樹は真理の体を抱きかかえて……お姫様抱っこする。

リビングへ行くと、部屋の半分以上を占《し》めているクィーンベッドへと真理を寝かせた。

真理は手を伸ばして、大樹の頬《ほお》に触れる。

「今日はラブラブ……恋人セックスしたい気分」

「分かった」

大樹が一旦離れると、手早く服を脱いでいった。

ベッドに乗ると、真理に近付く。

真理は身に付けていたエプロンを脱いで、横に。

「大樹君、きて」

「真理さん」

大樹が真理の足の間に割って入ると、真理の大きな左胸へと顔を埋めた。右胸は手の平で揉みしだく。

顔全体が埋もれる胸の柔らかな感触を楽しむ。

舌で乳首周りをチロチロと舐めていく。

真理は目を瞑《つむ》って、首を横に振った。大樹の頭部を両手で優しく抱いて。

「あんん……あぁ……あっ。大樹君、私の胸好きだねぇ」

「ちゅちゅぱ……好き」

「あん……ん……んん、嬉しい……けど……そろそろ胸以外も愛して？」

「分かった。どうしたい？」

大樹が後ろ髪を引かれつつも、真理の要望に応えて体を起こした。

すでに勃起《ぼっき》しているペニスをチラリと見ると、真理はペロリと唇を舐める。

「大樹君のを舐めたい。シックスナインがいいかなぁ？」

「じゃあ、俺が寝っ転がるかな」

大樹がベッドでゴロンと横になった。

真理は這《は》うようにして、大樹の上に跨《また》がった。

「相変わらずの大きさ。ふーうっ」

勃起したペニスを目の前にして、亀頭へと息を吹きかけた。

大樹はビクッと体を震わせる。

「ぐっ。なんだ？」

「ふふ。ビクッてなって……可愛《かわい》い」

真理が顔を綻《ほころ》ばせた。

金玉を手で揉みつつ、亀頭に一度キスをする。

口の中に亀頭を含んで、舌で転がすように舐めていく。

大樹は下半身からくる甘く痺《しび》れるような快感に耐えて、目の前にある真理のヴァギナへ視線をやる。

ヴァギナはしっとりと愛液で濡れ、膣口が男を誘うように開く。

体を起こして、ヴァギナ……膣口へとしゃぶり付き、愛液を啜《すす》った。

真理は喉《のど》まで咥《くわ》えていたペニスを離して、体を起こす。

「はあんっ！」

ヴァギナからは愛液が溢《あふ》れ流れて、大樹の顔にポタポタと落ちる。

それを気にすることなく舌を伸ばして、大陰唇を舐めていく。

真理は体を震わせて、喘ぎ声を漏らす。

「あんん……あぁ……あっあん……んんっ。大樹君、フェラに集中できないよぉ」

「じゅううぅ。男として負けてられないから」

大樹がヴァギナから口を離して、ニヤリと笑った。両手でプリッとした真理のお尻を撫《な》でるように揉んでいく。

「んっ。私だって……大樹君に気持ち良くなってもらうためにフェラの練習を続けているんだからぁ」

真理が口でペニスを含んだ。

そのまま喉奥まで……ペニスを三分の二ほど呑《の》み込んでいく。

真理の綺麗《きれい》な顔がフェラで歪み、苦しそうにしながらも頭を上下に動かす。

「んんっ……ん」

ペニスを口内でしゃぶって扱《しご》く。

大樹は押し寄せる快感に、眉間《みけん》に皺を寄せる。

「ぐっ。出る」

くぐもった声を上げると、真理の口内……喉奥へと勢いよく精液を射精した。

苦し気に、大量且《か》つ粘度の高い精液をゴクゴクッと喉を鳴らしながら飲む。

「んっ……んっ……んっ……んっ」

真理が時間を掛けながらも、精液を飲み下した。

ペニスから口を離す。

「ふうぅ」

大樹を射精させてやったという満たされる感覚に体を震わせて、口の中に残った精液を味わった。

けぷっと精液臭《くさ》い息を吐き。

振り返り、力なく微笑《ほほえ》んで……唇をペロリと舐める。

「へへ、私の勝ちぃ」

　大樹はムッとした表情を浮かべる。

「真理さんの気持ちいいところって、奥の方が多いからクンニだと難しいんだよな」

「負け惜しみぃ？」

「むむ、次は俺のターンだ」

　顔をヴァギナへ……膣口にしゃぶり付いた。

　舌を伸ばし膣内へと差し入れる。

　漏れ出てくる愛液を啜りつつ、膣の入り口付近を這いまわるように舌を動かしていく。

　真理は舌から逃れるためか腰を左右に動かした。ただ、大樹の手に押さえられる。

　喘ぎ声が徐々に大きくなっていく。

「あんん……んんっ……あっ……あんん……んんっ……ああっ……あんん……んんっ……ああぁそこんっ！」

　大樹は真理の喘ぎ声が大きくなるのを、性的な興奮が高まったのを感じ取った。

　一度口を離すと、少し下……充血し膨《ふく》れていたクリトリスへと吸い付く。

　真理はクリトリスからくる全身を突き抜けるような快感に顔を上げた。一際《ひときわ》大きな喘ぎ声を漏らす。

「イクゥっ!!」

大きくイッって体を硬直させた。少しの間の後、力なくうつ伏せになる。

イッた余韻《よいん》に浸っていた真理だが、体を起こした。

真理は振り返って艶《つや》めいた笑みを大樹へと向ける。

「あんっ、次はこっちに出してぇ」

お尻を左右に揺らし……男の情欲をそそる仕草を見せた。

大樹は真理の下から出ると、そのまま真理の体に後ろから覆《おお》い被《かぶ》さった。

首元に吸い付くようにキスして小さく赤い痕……キスマークを残していく。更に下から掬《すく》うように胸を揉《も》みしだく。

「あぁんっ……あんっ……そこにキスマーク、痕が残っちゃうよ。明日も会社あるのにぃ」

「真理さんは俺のモノだって、会社の連中にも分かるようにちゃんとマーク付けとかないと」

「あぁっそんなの付けなくても、私は大樹君のだよぉ。んん」

「魅力的な女すぎる真理さんが悪いから」

大樹に褒《ほ》められ真理は喜び……体が火照《ほて》ったように熱くなる。

「はん……あぁっ……んん。そっかまた私が悪かったのか。なら、仕方ないかな。んんあっ……あんん……んんっ……あっ」

大樹はキスマークを付けるのに満足したところで、体を起こす。

「そう。真理さんが悪い……こちらにもちゃんとマーキングする。腰を上げて」

真理は大樹に従って腰を上げた。

「んっ……あぁっいっぱいマーキングしてぇ」

射精したばかりだというのに、勃起して反り上がったペニスをヴァギナに当てる。

ペニスを……ヴァギナに擦りつける。

「あんんっ！」

「マーキングする前に、真理さんのヴァギナを十分に濡らさないとな」

真理は熱っぽい目で訴えかける。

「はんっ　大丈夫だから。いっぱい濡れているから……焦らさないでぇ。私のオ◯ンコの膣内《なか》に入れて」

「そのようだね。いっぱい濡れている」

大樹がニヤリと笑った。

竿《さお》を支えてペニス……亀頭を膣口へと当てる。

真理の膣はペニスを呑《の》み込んでいく。

「んんっ……あぁぁ」

ここ数カ月に渡って大樹のペニスを受け入れて、専用といっていいほどにフィットした。更に真理の膣は深いため、大樹のペニスをすべて呑み込む。

膣壁の無数にあるヒダが適度に締め付けて、射精感を高める。

大樹はペニスを根元まで差し込んだ。更に体でのしかかると、亀頭が膣の奥に触れる。

「ぐっ真理さんの膣って本当に深いし、包み込まれているフィット感が良いね」

「あん……そう?」

「うん。最高。……いっぱい使い込んで、もう俺以外で感じられなくしてやる」

大樹が腰を前後に動かし始めた。パチュンパチュンと肌と肌とがぶつかる音が響く。

真理は首を横に振った。

「あぁんっ！　はあぁんっ！　もう大樹君専用だからぁ！　あああああぁ！」

大樹は真理を後ろから抱きしめた。

上下に揺れていた大きな胸を握り潰すように揉む。

抱き付いたまま若干窮屈《じゃっかんきゅうくつ》そうにしつつも腰を動かし始めた。

真理の耳元で囁《ささや》く。

「真理さん、好きだよ」

大樹の言葉を受けて、真理は体がカーッと熱くなった。

小さく体を震わせて。

「あんっ！　私も……私もすきぃ。あんごめ……あぁぁーもうイク……あんっイッちゃう！　イッちゃうぅ!!」

断続的にイッて、真理が前に倒れそうになった。

大樹は二の腕を引いて真理の体を支えると、腰を動かす。

「気持ちいい……」

「はんっ。あぁん……ああああぁ！　イクイグゥーッ!!」

真理が唾液《だえき》を垂らし、喘《あえ》ぎ声を上げていた。

大樹は射精感が高まったところで、腰を強く早く動かし始める。

「そろそろ……出るぞ」

「はんっ！　あぁん！　出して……私の膣内《なか》にぃぃ！　膣内《なか》に出してぇ!!」

「ぐう」

大樹が真理にのしかかるように腰を押し付けた。亀頭を子宮口に付けて……勢いよく射精する。

「っ！　あぁあああああああああああああああ!!」

真理が子宮内にくる射精の衝撃に、体をビクンビクンと揺らしてイッた。

大樹はドクンドクンと射精し続けた。

対する真理は子宮内が精液で満たされる感覚に体を小刻みに震わせていた。

少しの間、大樹と真理は動かなかった。

射精を終えた後、大樹は真理と繋《つな》がったままに体勢を変えて抱きしめ合って、余韻を楽しんでいた。


一時間後。

ここは風呂場。

何度かのセックスの後で、大樹と真理は若干ギュウギュウになりながら風呂に浸かっていた。

真理は顔を上げて、熱っぽい視線を大樹へと向けた。

唇を少し前に出して、甘えるように言う。

「大樹君。キスしよぉ」

大樹は『可愛《かわい》い』と思いつつ、キスに応じた。

唇を合わせて、舌を絡めて、互いの唾液を交換していく。

イチャイチャと……甘い時間を楽しんでいた。

大樹は真理をギュッと抱きしめた。耳元で囁《ささや》く。

「真理さん。ちょっとは安心した？」

真理はキョトンとした表情した後で、小首を傾《かし》げた。

「ふぅん？」

「ん？　いや、誰かに尾行されているかもって不安そうにしていたから」

真理は動揺《どうよう》して、視線を左右に揺らした。

「あぁーうん。あぁーうん」

「え？　もしかして忘れてた？」

「ううん。ううん。忘れてないよぉー。大樹君のおかげで安心……大丈夫になった」

「本当に忘れてなかったんだよね？　明日は朝一で警察に行くんだからね？」

「うん。分かっているよぉーっ　だから、キスしよ。キス」

真理が甘えるように大樹の首に手を回して……唇を突き出した。大樹は苦笑しつつもキスに応じた。

キスを終えると真理は幸せそうに、大樹の首元に頭を預ける。

大樹は真理のお団子にしている髪に触れて。

「風呂場……二人だとやっぱり狭いね」

「このアパートは他に比べて広い方だけどね。トイレ別だし。まぁ、二人だと……仕方ないね。どうしたの？　まさか、引っ越すの？」

「どうしようかな？」

「そういえば、葵ちゃんはどこに住んでるの？」

「近くに茶色いアパートあるじゃん？　そこ、セキュリティーガチガチの女子専用なんだ」

「あぁ。そうなんだ」

「うん」

「けど、お金はあるの？　ここよりも広いところに引っ越そうとしたら、家賃がたぶん倍はするんじゃないかなぁ？　ちゃんと調べてみないと分からないけど」

「倍か……。宝くじ当たらないかな？」

「宝くじ買ったの？」

「ううん。まだ買ってない」

「買わないと当たらないねぇ」

「今度買ってみようかな。簡単にお金を稼《かせ》ぐ方法ないかなぁ」

「もう」

真理が若干怒った表情を浮かべて、大樹の鼻先を人差し指でちょんと触れた。

諭《さと》すように続ける。

「お金って簡単に稼げるものじゃないよぉ？　もし、そういう仕事があったとしても危ないかもなんだから、駄目よ？」

「はーい。宝くじを買うことにします」

真理は苦笑して。

「もう。大樹君は頭がいいんだから。学生のうちに勉強していい会社に入ってほしいなぁ」

「はい、頑張ります」

大樹が真理の体を抱きしめた。

大樹と真理は二人でイチャイチャしながら風呂に浸かった後、その日は抱きしめ合いながら眠りについたのだった。

十二話

元アイドルはコミュ障である。

翌日。

時刻は十時頃。

ここは大樹《たいき》が暮らしているアパート前。

大樹がスマホを弄《いじ》りながら一人立っていた。少しすると、ワゴン車が停まる。

パワーウィンドウが開くと、伊織《いおり》が顔を出した。

「おはよう。おまたせ」

「おはよう。前のスポーツカーじゃなくてワゴン車なんだ？」

「担当タレントのキャディーはワゴン車でやるのよ。これから日向《ひなた》ちゃんを迎えに行くし」

「ふーん。お邪魔します」

大樹はワゴン車のスライドドアを開けて、乗り込んだ。

大樹が乗ったことを確認すると、伊織は車を発進させる。

AIUE KURE
Presents
She recommends
the harem.

バックミラーから大樹へと視線を送る。

「そうそう。真理《まり》ちゃん、大丈夫だったの？」

大樹は肩を竦《すく》めて。

「朝一……真理さんの出社前に警察行ってきたよ。対応は相変わらずだったけど」

「あぁー。警察だもん。仕方ないわよ」

「だな。ところで、宮城《みやぎ》日向さんってどんな人？　元アイドルなのは知っているけど。動画と変わらない感じ？」

「日向ちゃんはちょっと残念なんだけど……撮影になったら大丈夫だから」

「残念なの？」

「凄《すご》く可愛らしい子なのよ？」

「いや、そこは知っているんだけど……残念って？」

「まぁーこれから会ってみれば分かるわよ。もうすぐ着くし」

「え。もう着くの？　意外と近くに住んでいるんだ？」

「住所聞いた時、私も驚いたわよ。世の中は狭いんだなって」

伊織はワゴン車をマンションの前に停めた。そのマンションは大樹の暮らすアパートから徒歩で十五分ほどであった。

紫のフード付きパーカーを着た小柄な女性がマンションから出てくる。手には大きな荷物を持っていた。

パワーウィンドウが開き、伊織が顔を出す。

「日向ちゃん。おはよう。おまたせ」

小柄な女性……日向はコクンコクンと頭を下げた。何か言っているようだが小さい声で聞こえない。

両手で力を入れて、スライドドアを開ける。

「んっ」

スライドドアを開けると、すでに座っている大樹と目が合う。

日向はピキっと固まった。

「……」

大樹は日向の様子に困惑しながらも挨拶《あいさつ》する。

「えっと、こんにちは……宮城さんですよね？」

日向は少しの間の後で、ぎこちなくコクンと小さく頷《うなず》く。ほとんど聞き取れないほど小さくボソッと「こ、こんにちは」と呟《つぶや》いた。

互いに何もしゃべることはなく大樹と日向の間に沈黙が流れる。

「「……」」

この沈黙を破ったのは伊織で。

「日向ちゃん……フリーズ中に悪いんだけど、とりあえず車に乗ってくれる？」

日向は伊織に促されて、ぎこちない動きながらワゴン車に乗り込んできた。スライドドアを閉めると、座席の端……大樹から離れた位置にちょこんと座る。

伊織はワゴン車を発進させた。

困惑している大樹をバックミラー越しに見て苦笑を溢《こぼ》す。

「大ちゃん、こういうことだから」

「え？　俺って嫌われている？」

大樹はチラチラと日向へと視線を向けながら、伊織に問いかける。

「いや。なんていうか超が付くほどのコミュ障……人見知りなのよね。通常状態では、対面ではほとんど人と話すことできないのよね」

「けど動画では……ちゃんと人と話していたよね？　それにアイドルとして活動していたんじゃないの？」

「あぁー日向ちゃんはカメラに撮られていると、演技ができるの。だから、スタジオとかでカメラを向けられたら問題なし」

「……私として正直なところもっと社交性が身に付けばとは思っているけどね。だって、日向ちゃんって多才なのよ？　今回の動画、台本も動画編集もサムネも全部彼女がやっているし。それが早いのよ。動画内だけなんだけど、トークも面白いし。何よりそこを生かせたらテレビにも出演できただろうと……残念で仕方ないわよ」

「へぇー」

大樹が日向に視線を向けると。

日向は体を小さくして、フルフルと首を横に振っていた。

フードの縁から覗《のぞ》く日向の頬《ほお》は赤くなっているのが見て取れる。

信号でワゴン車が停まったところで、伊織は日向に視線を送った。そこで何か思い付いたのか、悪戯《いたずら》な笑みを浮かべる。

伊織の笑みを斜め後ろから見ていた大樹は『こういう仕草が似た者姉妹だよ。どんな無茶ぶりを思いついたんだか』と内心で思いつつ肩を竦める。

「そうだ。日向ちゃん、いい企画を思いついたんだけどいいかな？」

日向は動画の企画には敏感のようで、ピクンと肩を震わせて顔を上げた。

なかなか聞き取れないほどに小さい声で返す。


「そういうもんか」

「企画……なにぃ？」

伊織はワゴン車を走らせて、続ける。

「脱出ゲーム系の企画なんだけど、ライブ配信とかやってみない？」

「ライブ配信……脱出ゲーム？　けど、Dtube《ディーチユーブ》のライブ配信はエロができない。モザイク掛けられないから……。視聴者はエロを求めているから、再生数が稼《かせ》げない」

「ごめん。ちょっと聞き取れなかったんだけど……。ディーチューブは十八歳以上専用の動画配信サイトとはいえ、モザイク処理のできないライブ配信は下着のチラ見せとキス程度までしか許されない。エロくないから再生回数が稼げないとか考えるよね。けど、たまには違うこともやっていかないと視聴者に飽きられちゃうわよ？　マンネリ」

「それはそう!?　マンネリ……一番駄目」

「聞こえないけど。日向ちゃんもそう思うでしょう？？　うん。マンネリ、更には新規の視聴者獲得のために脱出ゲームのライブ配信よ」

「……なるほど」

「脱出ゲームってのはアレよ。大ちゃんと手錠《てじよう》で繋《つな》がれての脱出ゲームってどうかしら？　男女で協力して脱出する感じね」

「!?」

日向はビクンと体を震わせた。

大樹へと視線を向けて、ブンブンと首を横に振る。

伊織はバックミラーから日向の様子を窺《うかが》って笑う。

「ふふ。そう？　荒療治《あらりょうじ》だけど、人見知りとかも改善するかなって思ったんだけど」

それから、日向と伊織は動画の企画についていくつか話していたが。

伊織が提案する動画の企画に対して日向は首を横に振り続けた。

ちなみに完全にハブられていた大樹だが、日向の声が小さくて聞き取れないので、これで会話が成り立っているのが終始不思議そうな表情を浮かべていた。


三十分後。

以前、大樹と伊織が保健室でセックスしたスタジオのあるビルに到着する。

伊織がワゴン車をビルの駐車場に停めた。振り返って、日向へと声をかける。

「何にしてもマンネリ化は防ぎたいわね。ほら、スタジオに着いたわよ」

「そうだけど……あ、準備あるから」

日向がまた小さい声で返した。荷物を持っていそいそとワゴン車から降りて、ビルへと入っていってしまう。

日向の後ろ姿を見送った大樹は大きく息を吐く。

「はぁー。なんか変わった子なんだ。てか、声小さすぎない？　ほとんど何を話しているか分からなかった」

ワゴン車から降りて、積んであった荷物を持って、大樹と伊織は並んでビルへと向かう。

大樹は歩きながら伊織に話しかける。

「アレで、二十一歳なんでしょう？　どんな人生を歩んできたか気になる。特になんでアイドルやっていたか」

「あぁー……詳しく知りたいなら直接本人に聞いてほしいところだけど……って無理か。私もあの子の母親から話を聞いたんだし」

伊織はそう前置きすると。

小さく息を吐いて続ける。

「あの子はねぇ。小学校の頃から引きこもりだったようなの。それで人と関わる機会が極端になくてあんな感じに」

「じゃあ、なんでアイドルに？」

「昔からの夢だったみたい。オーディションは履歴書《りれきしょ》と動画だけという地下アイドルで。アイドルにはなれた。ただ夢と現実にはギャップがあった。人見知りは小型カメラを持ち込み、演技することでなんとかなったみたいだけど。人間関係、ストーカーに悩まされて……逃げた」

「んーありがちなのか。たまにそんな話を聞くね」

「……逃げてから二カ月後、警察に保護されて実家に帰ってきた。その時の彼女はボロボロだったそう。その空白の二カ月間のことは母親も聞いてないみたい。それで帰ってきたら、部屋に引きこもった。ただ、オナニーを動画投稿する形で始まって……今に至る」

伊織の言ったことを想像したのか、大樹は表情を険しくする。

「それは苦労しているな」

「だから、優しくしてあげてね。家近いんだし」

「できる範囲でなら」

「あ……けど、仲良くしすぎる必要ないからね？　セフレを増やしすぎると、希望日にシフトに入れなくなっちゃうわ」

「ならないでしょう」

「どうかなぁ。大ちゃん、英雄症候群《ヒロイックシンドローム》だし」

「それは厨二だった頃の話でしょう」

「そうかなぁ。高校でも、警察に何度か呼ばれて事情聴取受けていたでしょう？　困っている誰かを助けていたんじゃないの？　厨二って普通は中学生までよね？」

大樹は視線を左右に揺らした。少しの間の後で、ため息をつく。

「……そ、そうとは限らないんじゃないかな？　夢がなかなか醒《さ》めないヤツだっているよ」

「ふふ。そうね。じゃあ着替えようか」

ビル内にある更衣室へ大樹と伊織は入っていった。


二十分後。

更衣室から大樹が出てきた。

ただ普段と様子が違う。

高校の制服……ブレザーを着ていて。

明るめの黒髪を後ろで縛《しば》って、黒縁《くろぶち》の眼鏡《めがね》をかけていた。

「高校生か……なんだか恥ずかしいな」

伊織が大樹の後ろから出てくる。

「なかなか似合っているじゃない。大……この格好では四朗《しろう》君と呼ぶんだったわね」

大樹は動画出演するにあたって、変装。

そして、実名を隠して桐ケ谷《きりがや》四朗と名乗るように決めていた。

大樹と伊織は更衣室から出ると、二人並んで廊下《ろうか》を歩きだした。

大樹は持っていた薄い本を目の前で開くと。

「今は大樹で良いよ。てか、この台本に出てくる四朗君って変態で鬼畜過ぎじゃない？」

「うん。最低な男だわ」

「正直、演じられるか不安なんだけど」

大樹が難しい顔で呟《つぶや》いていた。

伊織は檄《げき》を飛ばすように、大樹の背をポンと叩く。

「大丈夫。大ちゃんは聞こえてくる私の声に従ってくれればいいんだから」

学校の教室が再現されたスタジオに向かうと、そこではすでに日向とカメラを持った女性が打ち合わせをしていた。

打ち合わせといっても、日向は基本的に喋《しゃべ》らないため、頷《うなず》くと首を振る……ジェスチャーのみでのやり取りだが。

日向は白と紺《こん》のブレザーの制服を着ていた。

着替える前はパーカーのフードを被《かぶ》っていて分からなかったが。

アイドルと名乗るだけはあるほどの美少女である。

彼女は二十一歳なので、大樹の一歳年上。

それでもクリクリとした大きな瞳、童顔、小柄な体型、着ている制服と相まって……どこからどう見ても女子高生にしか見えない。

光り加減によってはダークバイオレットに見える髪を、ゆるくツインテールにしている。

大樹は実際に彼女を目にして固まる。

見た目は清楚《せいそ》女子高生、そんな彼女とこれからセックスするんだと認識すると、無垢《むく》なモノを穢《けが》してしまう……そんな背徳感に襲われる。

「っ！」

隣にいた伊織はムッと顔を顰《しか》めた。肘で小突いて。

「なになに、日向ちゃんに見惚《みと》れちゃったの？」

「え？　いや、そんなことは……」

「本当に？」

「女子高生は……仕方ないと思う」

「葵《あおい》とは高校から付き合っていたじゃない？」

「その時は俺も中学生や高校生だったし」

「ふーん。つまり若い女がいいんだよねぇ。大ちゃんも男の子ねぇ。トップアイドル級の彼女とグラビアアイドル級のセフレが二人もいるのにぃ」

「ごめんなさい。許してください」

「んーどうしようかぁ」

伊織が悪戯《いたずら》な笑みを浮かべた。

大樹の胸に手を乗せて、背伸びする。大樹の耳元近くで囁《ささや》く。

「収録後、いっぱい付き合ってもらおうかな」

「分かった。体力、残っていたらいいな」

大樹は頷いた。

伊織は嬉しそうに微笑《ほほえ》んで。

「あ、今度……私の制服を持ってこようかしら？　もうキツイかなぁ」

「お願いします！」

大樹と伊織が雑談……イチャイチャしていると、女性カメラマンに注意を受けて、動画収録の準備が始まった。

結局、撮影が始まるまで大樹と日向との間には一言の会話もなかった。

五時間ほど、教室と男性の自室……それぞれを再現したスタジオにて導入部分となる日常的なシーンで二人の絡みのある撮影をしていた。ちなみに他のキャストが加わる撮影は後日である。

日向の書いた台本の設定は――

日向はクラスで美少女ながら、教室の隅で本を読んでいる陰のある文学少女。

そして、大樹演じる四朗は根暗で友達なんて誰もいない少年。

そんな四朗であったが、ある日スマホに催眠《さいみん》アプリがダウンロードされていることに気付く。

最初は何かの悪戯と思って、家族に冗談半分で使用したところ催眠アプリが使えてしまった。

四朗は普段慎重な性格ながら……童貞で、自身の抱えているドロドロとした性欲に衝《つ》き動かされる形で、誰かを操ってセックスに持ち込もうと企《たくら》む。

ここで選ばれたのが日向であった。

周りと関わりを持つことの少ない普段本を読んでいる美少女。

もし検証が不十分な催眠アプリが上手《うま》く使えなかったとしても、冗談で片付けられると踏んで標的と決めた。

四朗は下準備としてスマホを歩く日向の前で落として、拾わせる形でスマホの画面を見せた。

催眠アプリは視覚から対象者を催眠に落とすモノであった。

日向を催眠状態にすると、周りを警戒して手早く短い暗示、普段誰も寄り付かない空《あ》き教室へ放課後に来るようにと命令した。

導入部分の撮影が終わると、物置部屋のようになっている空き教室のスタジオに移動した。

日向の合図で女性カメラマンがカメラの録画ボタンを押した。大樹……いや撮影の間は四朗と呼ばせてもらおう。

四朗は耳に付けた超小型のイヤホンより聞こえてくる伊織からの指示で、空き教室に入ってきた。キョロキョロと辺りを見回した後、不敵に笑う。

「ひっひっ、まだ来てないか。親に試したから大丈夫だとは思うが」

鞄《かばん》を置いて、教室にあった古い机の上に座った。

少しの間の後で、空き教室の引き戸がガラガラと開いた。

空き教室の中へと日向が入ってくる。

四朗は日向が空き教室に入ってきたことで、ガタリと椅子《いす》から立ち上がる。

対して日向は、なぜ自分はこの教室に来たのか訳が分からないといった様子だった。

少しの沈黙の後で、四朗はニヤケそうになるのを堪えるように口元に手を当てると、とぼけた様子で問いかける。

「宮城さん？　どうしたの？　こんな空き教室に」

「え？　えっと、なんでアタシはこんな空き教室に来ちゃったんだろう？」

四朗は制服のポケットからスマホを取り出す。

「まぁ、そんなことどうでもいいじゃん。ところで、ちょっと面白い動画を見つけたんだけど

見てくれない？」

「え。あ。うん……何かな？」

「あぁ。これなんだけど……」

四朗が催眠アプリを起動させて、スマホの画面に幾何学《きかがく》模様を映し出した。

スマホの画面を日向へ向けて見せると、日向から生気が抜け、表情が抜け落ちる。

「……」

「催眠に掛かったか。宮城さん……いや、日向、そこの椅子に座ってください」

「……はい」

日向がぎこちない動きで四朗の指定した椅子に腰かけた。

四朗は日向の目の前で跪《ひざまず》き、スマホの画面を見せながら話し掛ける。

「えっと、催眠アプリでできる催眠の暗示時間は一日三分まで。それ以上やると脳が焼けるんだったか」

四朗は『質問には正直に答えること』、『命令は絶対に聞くこと』、『他言無用であること』、『それらについて疑問を感じないこと』と次々に暗示をかけていった。

興奮した様子でゴクンと喉《のど》を鳴らして、最後となる五つ目の暗示を口にする。

「日向は桐ヶ谷四朗に『眠り姫はキスをして眠りにつく』と言われると、桐ヶ谷四朗を愛しセックスしたくてたまらなくなる。チンコを舐《な》めたくなる。体を舐めたくなる。また『リンゴを食べて目を覚ます』と言うと元の状態に戻り、その間の記憶は失われる。それに対して疑問に思わない。いいですか？」

「はい。アタシは……えっと」

　四朗は少しの間をおいて、簡潔に言葉を言い直す。

「……日向は桐ヶ谷四朗に『眠り姫はキスをして眠りにつく』と言われると、桐ヶ谷四朗を愛しセックスしたくてたまらなくなる。また『リンゴを食べて目を覚ます』と言うと元の状態に戻り、その間の記憶は失われる。それに対して疑問に思わない。いいですか？」

「はい。アタシは……桐ヶ谷四朗に『眠り姫はキスをして眠りにつく』と言われると、桐ヶ谷四朗を愛しセックスしたくてたまらなくなる。また『リンゴを食べて目を覚ます』と言うと元の状態に戻り、その間の記憶は失われる。それに対して疑問に思わない」

　四朗はそれから催眠暗示の時間ギリギリまで、確認のために日向へ暗示を繰り返した。

　そして、スマホの画面を日向に見せるのをやめると。

　日向は生気を取り戻したように、ハッとした表情を浮かべる。

「あ、アタシ、どうしたの？　桐ヶ谷君」

　四朗は一旦日向から離れて、向き合った。

「いや……うん。宮城さんって、オナニーはしている？」

日向は顔を赤くして、視線を下げながら答える。

「え？　う、うん」

「どれくらいの頻度《ひんど》？」

「えっと……毎日……」

「毎日？　そっか、宮城さんってムッツリだったんだね」

「っ！」

「どこを……どんな風に弄《いじ》るの？」

日向は消え入りそうなほどの小さな声ながら、四朗の問いかけに答える。

「アタシは……乳首とあそこに……バイブを使って弄るの」

「へぇー後で見せてもらうか。まぁそれは後でも良いとして、今彼氏いるの？」

「え？　あ……いるけど」

「いるんだ。意外。教室ではそんな素振りなかったのに……誰なの？」

「えっと……教頭先生」

日向の答えに四朗は飛び上がって。

「ふぁっ！　きょ、教頭かよ。マジ？　あのオヤジって既婚者じゃない？」

「奥さんはいるけど、アタシを愛しているって」

「マジか。気軽に質問してみたけど。すごい話が飛び出してきたな。いつから付き合っているんだ？　経緯は？」

「えっと、去年の十一月……アタシが万引きして捕まった時に教頭先生が許してくれた。ないことにしてくれた……それでセックスしたの」

「脅《おど》されたの？」

「さ、最初は……そうだったけど。教頭先生はアタシを愛してくれたの。奥さんと別れたら結婚したいって」

「ほぉーオッサンのくせにやるなぁ。その愛とやらをどんなもんか検証してみたいところだな。俺の方で揺さぶりをかけてみるのもアリか」

四朗がニヤリといやらしい笑みを浮かべた。

対して日向は戸惑い、動揺《どうよう》した表情を浮かべた。頭を押さえて、視線を左右に揺らす。

「なんで……アタシ、なんで話しちゃったの？　……絶対話してはいけないことだったのに……アレ？　桐ヶ谷君ならいいのかな？」

日向の様子に四朗は目を細めた。

口元を手で隠して、考えを巡らせた。

「俺の質問に対して疑問に思い始めた？　大まかな暗示にし過ぎたか？　もっと細かく暗示するべきか？　それだと催眠暗示の時間が……足りなくなるだろう。……まぁ、他人に俺のことを話さないと暗示しているが。疑問が深まって。何か俺に疑念を抱かないだろうか。そこは催眠アプリで解消できるか？　定期的に使用する必要があるのか？」

ブツブツと呟《つぶや》いていると……。放っておかれる形になっていた日向が口を開く。

「えっと。アタシ、もう帰りたいんだけど……いいかな？」

「これから用事があるの？　ここにいたくない？」

「用事はないけど……桐ヶ谷君が怖い。襲われそうで……ご、ごめん。本人を目の前に……。アタシ、今日変みたいだから、帰るね」

日向が椅子から立ち上がって、空《あ》き教室から出ていこうとした。

四朗は日向の背に向かって。

「『眠り姫はキスをして眠りにつく』」

日向は四朗の『眠り姫はキスをして眠りにつく』というセリフを聞くや、ビクンと体を震わせて立ち止まった。

少しの間の後で、四朗の方へと振り返る。

その時の日向の表情は愛せと暗示された通り、四朗に向ける目の色が明らかに変わった。

日向は四朗に好意を向けるように、微笑《ほほえ》みかける。

何も命令してないにも拘《かか》わらず四朗に近付き、若干《じゃっかん》の躊躇《ちゅうちょ》の後で。

「え。えっと、桐ヶ谷君はこんなところで何か用かな？　いや、なくても、アタシとしては一緒にいられるだけで嬉しいけど。あ……この後、暇かな？　いいカフェ知っているんだけど良かったら一緒に」

日向は嬉々として、四朗に話しかけてあからさまな好意を向けた。

日向の変化に四朗は戸惑いの表情を見せる。

「恋する乙女《おとめ》……こんなに態度が変わるものか」

「ご、ごめん。急に誘いすぎたよね。じゃあ、このままここで話す？」

四朗は日向の問いに答えることなくボソッと「……次の段階に進むのは明日以降と思っていたが、これは今日いけそうだな」と呟いた。

日向と向き合って。

「宮城さん……これからは日向って呼び捨てにしてもかまわないか？」

「え？　それは凄《すご》く嬉しいよ。あ……アタシも四朗って呼んでもいいかな？」

「あ、あぁ。構わない。それで……まずは俺とキスしろ」

「うん。え。いいの？」

「い、いいから。キスしろ」

四朗が緊張と興奮が入り混じった様子で、日向に迫った。普通の女性なら引いてしまう状況ながら日向は頬《ほお》を赤くして頷《うなず》く。

「う、うん」

長身の四朗に対して、四朗の胸に手を当てて、つま先を立ててキスをした。

チュッと……触れるだけの短いキスだった。

それでも、日向の唇の柔らかさに四朗は目を見開き、固まった。

日向は四朗の胸に手を置いたまま、上目遣いで。

「えっと、これでどうしたらいいかな」

「つ、次は俺のチンコをしゃぶれ」

日向は顔を赤くして、視線を下げて、四朗の下半身へ。

四朗の股間《こかん》部分ではズボンが盛り上げっている。

顔を強張《こわば》らせて、ゴクンと息を呑《の》む。

「ち、チンコ……分かった」

日向が跪《ひざまず》いた。若干震える手で、大樹のチャックを下ろす。

四朗のペニスが露わになる。

日向は四朗のペニスを前にして、目を見開いた。聞き取れないほど小さな声で「え、ええ、でっか……。嘘でしょう？　外国人？」と台本にない台詞《せりふ》を呟く。

少し固まっていたが、ハッとして我に返ったような表情を浮かべて。

「……お、大きいね」

「そう？　他の男に興味……そうだ。その教頭とどっちが大きい？」

「こっち……二倍くらい違う」

四朗は満足げに笑う。

「ひっひっひっひっ、それは良かった。じゃあ、ちゃんと気持ちよくしてくれよ」

「う、うん」

日向は頷いた。おずおずと小さな舌を出して、四朗のペニス……亀頭を舐める。

小さい口に亀頭を含み、口の中に加え込んだところで、苦し気に一度吐き出した。

「はぁ……はぁ……はぁ」

四朗は戸惑った表情を浮かべた。

「……ど、どうした？」

「ごめん。大きくて苦しくなっちゃった。が、頑張るから」

日向が呼吸を整えると再びペニス……亀頭をチロチロと舐め始めた。合わせて右手で竿《さお》をシコシコと扱《しご》き始める。

快感に射精感が高まって、四朗は苦悶《くもん》の表情を浮かべた。ペニスがぴくぴくと動く。

「ぐっ出る」

くぐもった声を上げると、ペニスからビュービューっと精液が大量且《か》つ勢いよく飛び出した。

「んんっ……あっ」

精液は日向の顔……鼻先、瞼《まぶた》、髪、制服にまでかかる。更にはカメラを構えていたカメラマンの女性の頬にまで飛び散った。

日向は顔に付いた精液を人差し指で拭《ぬぐ》った。

「精液がこんなに……濃くて熱くてネバネバだなんて知らない」

清楚《せいそ》な女子高生にしか見えない彼女を精液で白く穢《けが》した。それは四朗を激しく興奮させる。

冷静さを取り戻すために少し間を開けて、四朗は口を開く。

「……それ、今射精した精液を舐めて味見しておけ。次からはちゃんと全部飲めよ」

日向はコクンと小さく頷いた。

指で掬《すく》った精液をペロリと舐めた。精液が口に合わなかったのだろう、渋い表情を浮かべる。

「不味《まず》い……けど次から頑張る」

四朗は日向が自身の精子を飲んだことに笑みを浮かべる。

「やはり不味いか。あ、こういうのも催眠《さいみん》アプリでどうにかなるのか？　味覚とかも暗示で精液大好きとかにするのは面白いな。と今は……。ひっひっ」

良いこと思いついたと言わんばかりの表情となって、ポケットに手を入れた。

ポケットからスマホを取りだすと、カメラのアプリを起動させ……録画を始めた。

カメラを日向へ向けると、日向は瞬発的に体を隠して悲鳴を上げる。

「きゃ、カメラ」

「俺が撮るんだ。いいだろ？」

日向が視線を左右に揺らし……少しの間の後でコクンと頷いた。

スマホの画面には清楚な女子高生の日向が乱れ、精液で汚れた姿が映し出されていた。スマホの画面を通して見るとまた違ったエロさがあった。もし動画を流出させたらどうなるか、彼女の人生すべてを支配する征服感と共に高ぶらせた。

四朗はゴクリと喉《のど》を鳴らした。先ほど出したばかりだというのにペニスが固く勃起《ぼっき》し……興奮して鼻息荒く言う。

「次は……せ、セックスだ」

「セックス……セックス。セックスしたい。セックスしたいっ！」

日向は思い出したように、四朗へと訴え掛けた。

その日向の様子を見て。

「一回目の暗示では弱いか？　いや……そんなことは後でいい。日向、全部……制服のリボンだけ残して全部脱げ」

「……はい」

日向が顔を赤く染めて頷いた。

制服を……リボンを残して脱いで、ブラジャーとショーツも脱いでいく。

白くほっそりとした体。

小柄で身長が低いわりに、Ｄカップはある胸。

陰毛は薄く、ピンク色の小さ目のヴァギナ。

無垢な少女のような日向の裸体を見て、四朗はゴクリと喉を鳴らした。

スマホを置いて日向に近付く。

対して日向は一歩下がって、後ろにあった机にぶつかり立ち止まる。

「あ」

「一歩下がった？　本能的なモノか？　やはり暗示は繰り返した方が安全だな。ただ今はそれより限界だ。セックスを……机の上に座って足を開け」

「……はい」

日向がひんやりとする机に座った。ゆっくりと足を開いていった。

四朗は日向に覆《おお》い被《かぶ》さるように、胸を鷲掴《わしづか》みにした。慣れなく、乱暴な手つきであった。

日向は顔を歪めて、身を捩《よじ》らせる。

「四朗君、痛い。痛い」

「へ……あ……すまん」

胸を夢中で揉《も》んでいた四朗が我に返って、体を離した。

涙を瞳に浮かべた日向は、若干痕の付いた胸に手を置く。

「ううん……もう少しだけ優しくして」

「すまん。難しいな。こういったところは練習か。それとも感度を上げることは可能か？　考察癖で……すぐに脱線してしまうな。とりあえず……」

四朗が視線を下げた。日向のヴァギナを見ると、しっとりと濡れているようであった。

「これは？　濡れているのか？　痛くしたのに？　こういうのって濡れないんじゃないか？」

日向は濡れているのを自覚した。本当に恥ずかしそうに顔を赤くして、消え入りそうな声で呟《つぶや》く。

「あ、アタシは濡れやすいから」

「そ、そうか」

四朗は納得いかない様子ながら頷いた。ただ、すぐに気を取り直してニヤリと笑う。

「まぁ。それならすぐにヤレそうだな」

ペニスをヴァギナに入れようとしたところで、日向は慌てた様子で四朗の胸を押す。

「待って……コンドームは？」

「コンドーム？　いらないだろう？」

「けど、子供できちゃうかも」

「それは教頭に任せるよ。どうせ金をため込んでいるんだろう」

「え……アタシ……」

「コンドームはいらない」

四朗が面倒そうな表情になって命令した。

日向は表情を暗くしつつも頷く。

日向の様子など知らないといった様子で、四朗は右手でペニスを支えて……亀頭をヴァギナに押し当てた。

ただ、ペニスを上手《うま》く入れることができない。

「ん？　アレ？　アレ？　入らない。動画だと、ここだったはずだが……」

「あっん……アタシのは下の方で」

日向が四朗のペニスへと手を伸ばした。ペニスの位置を調節して自身のヴァギナ……膣口に当てる。

「ここか」

「んっ……うん。そこ」

四朗は腰を突き出して、ペニスを膣内に押し込んでいく。日向の膣は処女かっていうほどに極端に狭かった。

ペニスを握りつぶされるのではと思うほどに締め付けられて、苦悶の表情を浮かべる。

「ぐっ、もう少し力を抜いてくれると」

日向は苦し気な表情で、首を横に振る。

「んんんっ……そんなこと言われても太いよぉ。こんなの知らない」

ペニスで今までにないほどに膣内を押し広げられる感覚……もう演技できなくなっていた。

実際にペニスが入ってくると、その部分が盛り上がっていく。

ペニスがすべて入りきる前に子宮に到達して、止まる。

日向の膣は浅い方で……。つまり、子宮まで開発されていて……。

亀頭が子宮を圧《お》し潰した。

それは大きな快感となって日向の体を襲った。

日向は、呆気《あっけ》なくイッてしまった。ただ台本でイク予定ではなかった……むしろ痛がる演技をすべきところだった。気力で喘《あえ》ぎ声を押し殺すのがやっと。

「ぐっ、気持ちいい」

四朗がくぐもった声を上げた。

吸い付くように動く膣壁の動きに射精感が高まって、今にも射精してしまいそうになるものの、腰を動かし始める。

台本には、『童貞のようにがむしゃらなセックス』と書かれていた。

四朗は台本通り童貞らしく相手のことなど考えずに、腰を動かしていく。

本来なら一方的で強引なセックスというのは気持ちよくないだろうが……。

童貞らしくがむしゃらなセックスといいつつ、これまで多くのセックスをしてきて身についたモノが自然と出てきてしまうのか。

日向の膣は浅く子宮はすでに開発されていたこともあってか。

四朗が腰を動かし、亀頭が子宮を圧し潰す度《たび》に快楽が日向を襲っていた。

我慢していた喘ぎ声も漏《も》れ出していく。

「あんっ……あぁぁ。あぁ。あぁ。ああぁぁ。あぁ。ああぁ。あああぁぁ。あぁ。あ。んんっ！ んあっ！　あぁぁ！　いぐっ！　いってあん！」

四朗に遠慮《えんりょ》なく腰を動かしていった。

単調に腰を動かし……二分が経ったところで膣壁が収縮して、ペニスを締め付ける。

「出る。孕《はら》めっ！」

四朗が腰を強く押し付けた。

子宮口に亀頭が押し付けられる形で勢いよく射精されて、子宮内が精液で満たされた。そして、子宮内に伝わる衝撃が快楽となった。

日向はプシュっと潮を噴いて、大きくイッた。

薄れていく意識の中で日向は『アタシ、こんなの知らない。台本……台本を書き変えないと無理だよぉ』と考えていた。

しばらくして、意識を失った日向は頬《ほお》を軽く叩かれて目を覚ます。

「え……っあ」

「ほら起きろ」

日向が四朗に支えられ、小刻みに震える体を起こした。

四朗はスマホのカメラを指さして耳元で囁《ささや》くように伝える。

「カメラ見ろ。足を開いて精液を垂れ流しながら、笑顔でダブルピースしてみろ。それで……」

四朗の言葉を聞いて日向は一瞬の躊躇《ちゅうちょ》の後で頷《うなず》き、足を開いた。

ニヘラと笑顔を浮かべて、顔の横で震える指でダブルピースをする。

スマホの画面には幼い見た目の日向が、膣口から精液を大量に流しながらも、ダブルピースして笑う姿が鮮明に映し出されていた。

その日向の姿はあまりに背徳的で、蠱惑《こわく》的で、官能的で、四朗は魅入《みい》ってしまい、勃起《ぼっき》しそうになる。

日向は恥ずかしげに頬を赤く染めて。

「あぁ、アタシは宮城日向です。アタシの卑猥な姿が映されたこの動画を自由に使ってくれていいです。知り合いに渡しても、ネットにアップしても……。ここで宣言します。宮城日向の人権は桐ヶ谷四朗の所有物であることを」

日向が一度言葉を切った。

熱い吐息を漏らして、潤んだ瞳で四朗のスマホのレンズを見つめる。

「私を四朗君の性奴隷《せいどれい》にしてください」

日向の背徳感のある卑猥な姿、情感のこもった視線、誘惑的な言葉を受けて、四朗は背筋がゾクッゾクッと震えるのを感じながらも口を開く。

「よ、よかった。うん。次からも頑張れ」

「は、はい」

「それじゃあ、時間がない。本当に時間がないな。あまり時間を取ると、解いた後に大きな疑問が残るだろう。少し惜しいがここまでだな」

四朗が空《あ》き教室にあった時計へと視線をやって言った。

部屋に置いてあった鞄《かばん》からタオルを取り出すと日向に精液を綺麗《きれい》に拭き、身なりを整えるように命令する。

自身の身なりを直して、日向の身なりが整ったところで。

四朗は椅子に座り、日向を催眠で意識の奪う前にいた場所へと立たせる。

「『リンゴを食べて目を覚ます』」

日向はビクンと体を震わせて、ハッとした表情を浮かべた。戸惑って、キョロキョロと周りを見回す。

「アタシは……どうしてここ……桐ヶ谷君？」

「どうしたの？　ボーっとして。帰るんじゃなかったの？」

「そ、そうだ。桐ヶ谷君、さよなら」

日向が小走りで空き教室から出ていった。

去っていく日向の背中を見送った後、四朗は不気味な笑みを浮かべる。

「すべて上手《うま》くいった……。上手くいったぞ！　ひっ」

不気味な笑い声が空き教室内に響き渡ったのだった。


二十秒ほどの後で、日向と伊織が空き教室に戻ってきて撮影が終わった。

日向が動画のチェックを始めると、伊織が大樹に近付き、水のペットボトルを差し出す。

「はい。お疲れ」

大樹はペットボトルを受け取ると、礼を言う。

「ありがとう。喉《のど》がカラカラだった」

「いい演技だったじゃない」

「はぁーそうかな？　いや、固かったでしょう。表情の作り方とか分からんのだが。それから演じてみて思ったが、ちょっと病みそうなんだが？」

「まぁーそこら辺は仕方ないんじゃない」

「こういうモノか？　そうそう……膣内《なか》に出しちゃったけど、本当に大丈夫なんだよね？」

「ええ。日向ちゃん、今回の動画では膣内《なか》だし表現にこだわりがあったみたいで。ちゃんとしたお医者様に処方されたピルを一カ月以上服用してもらっている。そこは私も担当タレントが孕むなんて絶対に避けたいから責任持って確認しているわ」

「それならいいんだけど」

「ふふ。大ちゃんも他の女の子で先に子供を作るわけにはいかないモノね」

「……そうだね」

大樹と伊織が話していると、カメラを片付けた女性カメラマンが近づいてくる。

「いやー。お疲れ」

大樹はペコリと頭を下げる。

「お疲れ様です」

「演技、初めてなんだろ？　驚いちゃったよ。伊織ちゃんがお気に入りなだけあるねぇ。ハハハ」

女性カメラマンは朗《ほが》らかに笑い大樹の肩をパンパンと叩いた。それから、日向の動画チェックが終わるまで雑談を続けるのだった。


一時間後。

撮影がすべて終わって、行きと同様に伊織のワゴン車に大樹と日向が乗り込む。

相変わらず二人の間に会話はない。

「「……」」

運転席の扉が開き、伊織は申し訳なさそうな表情で。

「ごめん。鍵《かぎ》を返してくるのを忘れていたわ。少し待ってて」

そう言い残すと、小走りで来た道を引き返していった。

大樹が伊織の背中を追っていると、伊織が見えなくなったところで、スマホを取りだそうとした時だった。

「あ……あの」

気の所為《せい》かなと思うほどに小さな声に一瞬反応が遅れたが、声のした方……日向の方へ視線を向ける。

日向はフードを頭に被《かぶ》って、表情はほとんど窺《うかが》えないが体を大樹の方へと向けていた。

髪の隙間《すきま》から覗《のぞ》く日向の目と合って、大樹は動揺《どうよう》する。

「え？　あ……えっと？　どうかしました？」

「あ……う……飴《あめ》ちゃん……食べる？」

日向がパーカーのポケットから小さな飴を取り出して……手を伸ばして大樹の前に置いた。

大樹は飴を手に取って。

「あ、ありがとう」

「うん。お気に入りのヤツ、美味《おい》しいから」

「そうなんだ。ありがとう」

「ううん……あっ……あっ」

日向が何か話そうとしているのだが、言葉を詰まらせた。

少しの間の後で、胸に手を当てて口を開く。

「きょ今日は、アタシの……動画に……出てくれて……ありがとう」

「いや、こちらこそ。撮影中はいろいろフォローありがとう」

日向はフルフルと首を横に振った。

「こちらこそ……ごめん……アタシも上手く演技できなくて……知らなかった……あんなに気持ちよくなるなんて」

残念ながら日向の声があまりに小さかった。

大樹は申し訳なさそうに。

「ごめん。ちょっと聞き取れなかった……もう一度言ってくれるかな？」

日向は俯《うつむ》き。

「な、なんでもない。き……気にしないで」

「そうか？」

「うん……あ、それで……ごめんだけど、台本少し書き直すから。なるべく早く出すから」

「え。台本、変わるの？　何か問題が？　もしかして俺？」

「ううん。これは私の問題だから……貴方《あなた》は関係ない」

「そうならいいけど……もし何か要望があったら、事前に言ってほしい」

「分かった。つ……次も……よろしくね」

「……あぁ。次もよろしくな」

小さく縮こまってモジモジしている日向の姿を見て、大樹は伊織から聞いた日向の生《お》い立ちが頭を過《よぎ》った。

視線を逸《そ》らし、頬《ほお》を掻《か》く。

「まぁーなんだ、いろいろ大変だろう。住んでいるところも近所だし。何か困ったことがあったら言ってくれ」

大樹の言葉を聞いて日向は固まった。

「……っ！」

少しの間の後で、大樹は『いくら心配に思ったからって……女を口説《くど》くようなこと言ったな。宮城さんは人見知りなんだから駄目だろう』と自身の考えのなさに恥ずかしくなっていた。

笑って、誤魔化《ごまか》すように言う。

「いや。すまん。宮城さんはそういうの苦手だったよな。忘れてくれ」

日向はフルフルと……さっきよりも大きく首を横に振る。

「ううん……嬉しかった……ありがとう」

恥ずかしそうにフードを深く被りなして、小さく縮こまった。

消え入りそうなほど小さな声だったが、大樹の耳に届いていた。

大樹は小さく笑って、座席に座り直した。

その後、二人に会話はなかったが雰囲気《ふんいき》は和《やわ》らいでいた。


三分ほどして伊織がワゴン車へと戻ってきた。

運転席の扉を開けて、車内に入ると……。

「おまたせー……ってなんか雰囲気が……変わった？」

伊織が敏感に空気を読んだ。大樹へとジトーっとした目を向ける。

「大ちゃん、もしかして日向ちゃんに何かしたの？」

大樹は驚きの表情を浮かべた。

「え？　何かって？　ちょっと話しただけだよ」

伊織は一際《ひときわ》大きなため息を吐いた。

ヤレヤレといった様子で。

「……大ちゃんは無意識でやっちゃうからなぁ。日向ちゃん、この大ちゃんには気をつけるのよ？　女たらしで有名だから」

日向はピクンと体を震わせて。

「え、女たらし？」

大樹は驚き、体を乗り出す。

「俺って女たらしで有名なの？　心当たりないんだけど」

「ふーん。そう？　彼女一人とセフレ二人を作っておいて、心当たりないの？」

「ぐう」

「ぐうの音《ね》しかでないでしょう」

「俺って……女たらしなのか」

大樹がガクンと肩を落とした。

伊織は気付いてなかったのかと内心思いつつ、息を吐いて運転席に座った。ワゴン車を走らせ帰路についたのだった。

十三話　葵、服を買う。大樹、宝くじを買う。

AIUE KURE Presents
She recommends the harem.

八月上旬《じょうじゅん》。

ここは大樹《たいき》と葵《あおい》の通っている大学。

講義室にて。

真剣な表情の葵が講義を受けていた。

チャイムが鳴ったところで、教授がマイクを切って講義を終えた。

講義室を後にする教授を見送ったところで、講義を受けていた生徒達の空気が緩《ゆる》み、楽し気な話し声が聞こえてくる。

葵が教科書を鞄《かばん》に仕舞っていると、金髪の男性含めた男性達が近づいてくる。

金髪の男性はへらへらした表情を浮かべていた。

「立花《たちばな》さん、ちょっと良いかな？」

葵は椅子《いす》から立ち上がって答える。

「どうしたの？」

「今度、テニスサークルで飲み会あるんだけど参加しない？　もちろん女子は参加費が無料でできちゃうヤツなんだけど」

「私、テニスサークルじゃないよ？」

「あぁー大学生なら誰でも参加していいの。皆で楽しく飲んで交友を深めようって会だから」

「ふーん。けど、ごめんね。彼氏がそういうのやめておけって」

「立花さんって彼氏いるんだ。そう彼氏一緒でもいいから……ね？」

「考えておくよ……じゃあね、これからお買い物デートなの」

葵が鞄を背負うと、講義室から足早に出ていった。

葵の後ろ姿を金髪の男性含めた男性達が舐《な》め回すような視線を向けていた。


大学近くのコンビニ。

葵が覗くようにコンビニに入っていく。

コンビニでは大樹がコピー機の前で何やら操作していた。

葵は首を傾《かし》げて大樹に近付く。

「何しているの？」

「宝くじを買っている……」

「へぇー、コンビニで買えるんだ」

葵が興味深げに操作パネルを覗き込んだ。

「らしい。葵は何番がいい？」

「んーん。8かな？」

「じゃあ入れとこ」

「しかし、どういう風の吹き回しなの？　宝くじなんて」

「真理《まり》さんに言った手前、一度は買ってみようかなと」

「？」

「アパートの部屋が狭いってところから、大きなマンションを買いたい。しかしお金が……。簡単に稼《かせ》ぐ方法はないかな？　って話になって。宝くじの話になったわけですよ」

あらましを説明された葵は可笑《おか》しそうに笑う。

「ハハ。確かに……広いマンションを買いたい。じゃあ私も一枚買っておこうかな？」

手早く宝くじの購入手続きを進めた。

大樹と葵は揃って、宝くじを購入するとコンビニを後にするのだった。

コンビニを後にして最寄りの駅にて電車に乗り込んだ。

空《す》いている車内で、大樹と葵は並んで座る。

大樹は顎《あご》に手をやった。

「葵にしては珍しく服を買うとか？」

葵は服というモノを基本的に買わない。

それは彼女が外見に興味がないことに起因するのだが。

彼女の着る服は姉伊織《いおり》のお下がりか、大樹の服であった。

実際、今着ている服も伊織のお下がりの薔薇《ばら》刺繡《ししゅう》のあるプルオーバーと青色のスカートである。それでも美人ゆえにどんなモノを着ても、似合ってしまうのだが。

それらの理由があって、大樹は葵に服を買いに行こうと誘われたのは長い付き合いながら片手で数えられる程度で……それだけ珍しいことであった。

葵が難しい表情で自身の胸を揉《も》んだ。

「そうなのだよ。大樹がいっぱい揉んでくれるもんで、ブラや水着が合わなくなってさ。カップサイズEを超えるとネットで買うのもしっくりこな……んぐ」

大樹は慌てて葵の手を摑《つか》んだ。次いで、周りを見る。

周り……特に男性は葵を凝視していた。

葵の手を引いて、別の車両へと移動する。

大樹はドカリと座席に座った。ため息を吐いて、注意する。

「まったく葵はもっと周りの目というヤツを気にしてほしいな」

葵は注意を受けてても反省というのはなく、むしろ嬉しそうに笑う。

「確かに、これは大樹だけのモノだしね」

「……まぁ、そういうことだから」

大樹が照れた様子で、視線を右上へと向けた。

悪戯《いたずら》な笑みを浮かべ、腕を抱いて大樹の体にもたれるように座った。

次いで耳元で囁《ささや》く。

「にしし。大樹は私のことが大好きだもんねぇ。服なんてどうでもいいからホテルに直行しちゃう？」

「いや。服や下着がないと困るから、重い腰を上げて買いに行くって決めたんでしょう？　なら、買いに行かないと」

「そこは大樹が心の内に抱える性欲の猛獣に従って。私をお姫様抱っこでホテルまで連れていっちゃうところじゃないの？」

「さすがにそれはない。てか、必要になったから買いに行くんでしょう？」

「そうだけど」

「実際、伊織姉も俺も、葵に比べると体が大きいからサイズが合ってないし」

「私はダボダボしたラフな服が好きなんだよ」

「それは知っているけどね」

「……まぁーそこをここで議論するのは面倒だし。買いに行きますけどね」

葵が不満げに唇を尖らせていた。

大樹は『そんなに服を買いに行くのが面倒か……俺も似たようなもんか』と内心苦笑していた。


大型ショッピングモール。

大樹と葵は腕を組んで、歩いていた。

葵は持っていたソフトクリームを大樹へと突き出す。

「んっ」

「ありがとう」

大樹はソフトクリームを一口食べた。

まだ服を選んだりしていないが、普通にデートしている。

「やっぱりソフトクリームはスガキアだよね」

「あそこ一応ラーメン屋だけどね　……ところで、服屋とかには行かないのか？」

「急《せ》かさなくても、これから行くって。伊織姉に聞いたのは確かこっち」

しばらくショッピングモール内を歩いていると、女性服が並ぶアパレルショップにたどり着く。

店内に入ると、スーツを着た女性店員が近づいてくる。

「いらっしゃいませ。今日はどのような服をお探しで？」

葵は店内を見回して。

「んー私に合いそうな……ラフな服をいくつか選んでくれる？　予算は七万から八万円くらいで、上下一式を二組とかいけそう？」

「……かしこまりました。まずお客様の寸法を測らせていただきたいので……こちらへどうぞ」

女性店員に促されて葵は更衣室へと通された。

数十分後、更衣室のカーテンを開かれて、シックな色合いのワンピースを着た葵が姿を現した。

ちなみに葵は、女性店員に押される形で軽くメイクもされていて、より綺麗《きれい》さ美しさが際立《きわだ》っていた。

女性店員は目を見張った。

「お客様、お似合いです」

葵は女性店員の隣にいた大樹へと視線を向ける。

「どうかな？」

大樹は頷《うなず》いた。

「すごく似合っている。綺麗だ」

「じゃあ、これを買おう」

葵がサクッと買い物を終えようとした。

ただ、女性店員が別の服を持ってきた。

「ま、待ってください。お客様は……昔モデルをなさっていた『月島蒼《つきしまあおい》』さんではありませんか？」

「……着飾って、メイクされちゃうとバレちゃうか」

「っ！　本当ですか。私、貴女《あなた》の大ファンで……。あの……それでですね。その服……実はわが社の新作でして、できたらモデルとなっていただけないでしょうか？　服の方も差し上げますし、もちろんモデル代はお支払いいたしますので……お願いできないでしょうか？」

女性店員が頼むというより、もはや懇願《こんがん》する形で言った。

葵が渋い表情で少し考えた後で、大樹へと視線を向けた。

苦笑して頷く大樹を見て、口を開く。

「三十分だけなら」

「あ、ありがとうございます」

「それから『月島蒼』という芸名は事務所を辞める時に没収されているので、そこら辺は適当にお願いします」

「畏《かしこ》まりました」

葵の許可を貰《もら》って、女性店員を含めて店内にいた店員達が慌ただしく動き出した。

それから葵は着せ替え人形となっていた。


視点が変わって。

同日。

同大型ショッピングモール。

ゲームセンターの太鼓《たいこ》を叩くゲーム前にて。

大樹が働いていたファミレスで同僚だった明楽《あきら》が、知り合いの女性二人と一緒にいた。

明楽は何かに取り憑《つ》かれた様に一心不乱で、太鼓を叩いていた。

知り合いの女性二人が明楽の様子を窺《うかが》っていた。

ロングの髪の女性が戸惑いつつ、口を開く。

「えっとどうしたの？　明楽」

癖《くせ》のある髪を縛《しば》った女性が思い出したように答える。

「あー奈美《なみ》は星を見に行っていて、いなかったもんね。どうやら、明楽の思い人と彼女がデートしているところに遭遇《そうぐう》した」

「うわぁ……それはキツイ」

「本当に」

「明楽の思い人かぁ。どんなイケメンだった？」

奈美の問いに癖のある髪を縛った女性が視線を上げた。少し悩んだ後、バツが悪そうに答える。

「んーん。その思い人には悪いけど……優しそうな人だったかな？」

「そうなん？　じゃあ、明楽なら奪えちゃうじゃない？」

「いやいや、それは難しいのでは？」

「それは、どうして？」

「彼女がメッチャ美人だった。アレは……トップアイドルやモデル級」

「マジか。街を歩いたらモデルのスカウト連中が押し寄せる明楽と、沙耶《さや》にそこまで言わせる彼女さん。その二人に思われているとか、優しそうな人スゲー。何か魅了的な特殊能力でもあるんだろうか？」

「ハハ、どうだろう？　女を引き寄せるようなフェロモンは感じなかったけど」

「美女限定……」

奈美がぼそりと呟《つぶや》いた。

その呟きが耳に入って、沙耶は目つきを鋭くした。

沙耶は若干《じゃっかん》ドスの利《き》いた声で。

「あん？」

「ごめんなさい」

そんな会話が後ろでされていることなど気にせず、明楽に硬貨をゲーム機の筐体《きょうたい》に追加で入れた。

思考をしないよう、ただひたすらに太鼓を叩くのであった。

視点を戻して。

アパレルショップでモデル、ランジェリーショップでブラを選び……三時間が経った。

「大樹ぃー疲れたぁ」

葵が大樹にしなだれかかる感じで、腕を組んだ。

大樹は腕を組んだまま、指先を絡めるように手を握る。

「お疲れ。後は……水着だけだから」

「うぅ。もうホテル行きたい」

「けど、今度海に行くんじゃないの？」

「海……行きたい」

「じゃあ、水着も買わないと」

「……うん」

葵は大樹に手を引かれる形で、水着ショップへと向かうのだった。

水着ショップは近くにあって、カラフルな水着が並んでいた。

「大樹、どんな水着が良い？　ビキニ？　エロいの？」

「んーん。水着は地味なので良いよ。地味で」

「いいの？」

「葵の肌を他の男に見せたくないから」

大樹が頬《ほお》をポリポリと掻《か》いた。

束縛《そくばく》の強い発言に対しても、葵はむしろ嬉しそうな表情で笑う。

「ふふ。もうー大樹ったら。独占欲が強いんだから」

「悪いな」

「仕方ないなぁ。じゃあ、服代が浮いたし。二人っきりでいる時に着る用の際《きわ》どい水着も買っちゃおうか?」

葵は大樹の手を引く形で、水着ショップへと入っていった。


大樹と葵は買い物を終えて、食事……フードコートでエネルギー補給を終えると。

夕方頃にはラブホテルへと直行していた。

そのラブホテルは機能性を追求したビジネスホテルのようなところであった。

部屋に置かれたクィーンサイズのベッドには大樹が裸で腰にタオルを巻いて座っていた。すでにシャワーを浴びたのか、髪が濡れている。

大樹は不意に目の前の大きなテレビへと視線を送った。

「……ふーん。本当にラブホのテレビってAVが見られるんだ」

ベッドの上部に置かれていたリモコンを手に取ると、電源ボタンを押す。

テレビが付くや……画面に女性の裸の映像が映し出されて、スピーカーから女性の喘《あえ》ぎ声が聞こえてくる。

大樹はリモコンを操作する。

「真理さん曰《いわ》く、ラブホで女子会をやったことがあると言っていたが……カラオケとかもあるのか。さすがに周りにうるさく……ないか。ラブホだもんな……けど壁の向こうからカラオケで歌う声が聞こえてきたら、笑っちゃう時がありそうだが」

ブツブツと呟きながら、ＡＶを眺めていると……浴室から扉の開く音が聞こえてきた。

リモコンで映像を切る。

浴室から葵が姿を現した。

「お待たせ。着にくくて時間が掛かっちゃった」

葵は……青色のビキニを着てやってきた。

青色のビキニは際どく、布面積がかなり狭かった。

エロい……いや、それだけではない。

青いビキニは新雪ほどに白い肌、体の美しい曲線に映えさせて、エロティシズムに加えて、芸術作品のような美しさも兼ね備えていた。

視線を受けて、葵は恥ずかし気に頰を赤くした。

「どうかな？」

「エロ……そして綺麗《きれい》だ」

大樹がベッドから立ち上がった。

近付くと肩に手を置いた。

葵の体を下から上に向けて見る。そして、葵と目を合わせる。

葵は大樹の脇腹に手を置き、強靭《きょうじん》な筋肉をなぞるように触れる。

何も言わずに、背伸びして……目を閉じて唇を少し突き出す。

大樹は美しくてずっと見ていたくなる葵のキス顔に、下半身に血が集まっていくのを感じる。

強引に迫りたくなる衝動を抑え付けて顔を近づけて、葵に優しくキスをした。

唇を開けて舌と舌を絡め合うキス。

粘着性のある水音と互いの鼻息、口から漏《も》れる断片的な声が聞こえていた。

キスを終えると、互いの唇から唾液《だえき》の橋が伝って……途切れる。

葵は熱っぽい上目遣いで熱い吐息を漏らすように呟く。

「大樹ぃ。ずっと我慢したの」

その言葉だけで、大樹は葵の体を抱きしめていた。耳元で。

「俺も……本当に水着ショップの更衣室で見なくてよかった」

「ふんぅ？　なんで？」

「更衣室の中で襲っていたかも知れない」

「わぁ。それは刺激的。じゃあ誘惑すればよかったかな？」

「俺の他にも男いたし。絶対駄目」

「なるほど」

葵は大樹の背中に手を回した。

大樹の大きく、強靭な肉体に包まれる心地よさと安心を感じると共に……お腹に固いモノが当たるのを感じて、子宮が熱くキュウッと動いた。

背中に触れていた手に力が籠《こ》もる。

大樹は一度体を離すと、少しの距離ではあったが葵の体を抱え……お姫様抱っこしてベッドの上へと降ろす。

ベッドに乗って葵に覆《おお》い被《かぶ》さる。

大樹は左胸に顔を埋めて、青い水着の下から掬《すく》うように右胸を揉《も》んだ。水着がズレて、ピンク色の乳首が覗《のぞ》く。

胸の感触を楽しんだ後で、水着をずらして……舌を伸ばして乳首を舐《な》めまわした。

葵は胸からくる快楽に小さく喘ぎ声を漏らす。

「んっ……あぁ……んんっ」

葵の喘ぎ声が大きくなったところで、大樹は体を起こした。

「はんっ」

葵が潤み……熱っぽい視線を大樹へと向けた。

大樹は竿《さお》を支えて、水着の上からヴァギナを擦った。水着のクロッチ部分が愛液で色濃くなる。

「あっあん……んっあぁぁ……あんっ焦らさないでぇ」

「入れるぞ」

大樹は濡れてぺったりと張り付いたようになっていた水着のクロッチ部分をずらした。

小陰唇がクパックパッと開き閉じして、膣口が動く様が見える。

葵は切なげな表情で、大樹の頰《ほお》に触れる。

「入れて。大樹ぃ、いっぱい愛して」

「っ！」

大樹が大きく膨《ふく》らんだ亀頭を膣口へと押し当てた。ウネウネと動く無数のヒダがペニスを逃がさないと強く吸い付く。

ペニスに膣内を広げられる……苦しくも満たされる感覚に葵は声を漏らす。

「はぁんんぅ」

大樹はペニスを押し込んでいった。覆い被さって、葵の耳元で呟《つぶや》く。

「葵、愛してる」

「んっ……私も、私も愛してる。はぁん」

ペニス……亀頭が子宮に届き、圧《お》し潰したところで葵が目を見開き、一際《ひときわ》大きな喘ぎ声を漏らした。

大樹は奥まで届いたところで動きを止めて、首元にキスマークを残す。

葵は大樹の腰に両足を回して……だいしゅきホールドをしていた。

「あんっ……大ちゃん、好き……大好き……愛してる。いっぱいキスマーク付けてぇ。私が大樹のモノである証拠を残して！」

「っ！」

大樹は体をピクンと震わせて後で腰を……亀頭を子宮にグリグリと押し付けた。葵の弱いところは多く交わったことで知っている。

子宮をグリグリと圧し潰されるのに葵は弱かった。

「はぁんっそれ……イクっイグゥウ！」

プシュッと潮を噴いて、葵がイッた。

大樹はイッている葵に気遣うことなく腰を動かし始めた。最初は揺さぶるように、徐々にストロークが大きく強く腰を動かしていく。

葵はイキ続けて、喘ぎ声を漏らした。

「あんっ！　あぁ！　はん！　んっ！　あぁ！　はぁぁ！」

膣内がぎゅうぎゅうとペニスを締め付け……射精感が高まった。

射精をすべく、腰の動きが激しくなっていく。

「孕《はら》めっ！」

大樹が短く呟くと、亀頭を葵の子宮口に押し付け……子宮内へと激しく射精した。

子宮内に走る衝撃が葵にとっては鋭い快感となって全身を駆け巡っていた。

「っ!?　イグッ……イグウウウウゥ!!」

頭の中がパチパチと電流が走った後で、真っ白になるくらいに葵はイッていた。痙攣《けいれん》するように足先を不自然に動かす。

力の加減ができずに、大樹の肩へと爪を立てていた。

「あぁぁぁぁぁ」

射精は長く、逃がさないとばかりに大樹は葵の腰を押さえ付けていた。

一分ほどで射精を終えたところで葵に覆い被さるように倒れる。葵の頬にキスをする。

「葵、気持ちよかった」

「あんっ……私も……こんなの本当に頭がバカに……狂っちゃうよ」

「俺は……」

大樹が一度言葉を切って葵をまっすぐに見た。

それは強い意志をはらんだ瞳であった。

「俺は葵がどんなに変わっても、何があっても受け入れる……それくらい愛している」

「んん……大ちゃん」

葵が大樹の頭を抱きしめて、自身の胸へと押し付けた。一つ気になるのは葵の声が若干《じゃっかん》震えているように聞こえたことか……。

二人は繋《つな》がったまま、しばらく動かなかった。

五分ほどして、大樹はペニスをズルリと抜いた。

葵に微笑《ほほえ》み……下腹部を撫《な》でていた。ピクッと体を震わせる。

「んっ……これ、ピルを飲んでなかったら妊娠《にんしん》していた気がするな」

「本当か？」

「ふぅん。そんな気がする」

大樹は葵の下腹部に……葵と手を重ねて触れた。複雑な表情を浮かべる。

「……悪いな。大学を卒業して結婚するまで子供は待ってくれ」

「そうだね。ふふ」

「どうした？」

「シレっとプロポーズ？　プロポーズはさすがにもっと夜景が綺麗なところとかがよかったかも？」

「あーじゃあ今度やり直すわ」

「楽しみにしてるよ。続きしよう」

葵が抱き付くように大樹の首に手を回した。大樹もそれに応えるように背中へと手を回して、キス……。

それから、次の日になるまで大樹と葵はセックスし続けた。

十四話　海へ行こう。

AIUE KURE
Presents
She recommends
the harem.

一週間後。

その日は晴れていて、群青色《ぐんじょう》の空が広がっていた。

気温が高く、ジリジリと蒸し暑い。

大樹《たいき》の住んでいる近くの大通りを一台のワゴン車が走っていた。

そのワゴン車の車内では運転席に真理《まり》、後部座席に大樹と葵《あおい》が乗っている。

大樹はスマホから視線を外した。

「伊織《いおり》姉は残念だったな」

「せっかく休み合わせて、海に行く予定を立てたのにねぇ。あの日向《ひなた》ちゃんの関係でしょう？　大樹の出た動画がバズって仕事入ってきて忙しくなったとか？」

「らしいね。今日は雑誌のグラビア撮影とか？　宮城《みやぎ》さんは凄《すご》い人見知りだから、ちゃんとついていかないといけないみたいだね」

「人見知り？　ふーん。演技はできるって感じの人かな？　まぁー伊織姉が目を掛けるくらいだから、有能なんだろうね。実際、アップされている動画はクオリティーが高かったし。特に大樹の出た動画はかなり作り込んでいたんじゃない？」

「確かに初めて動画見た時は驚いたよ。あんなに拙《つたな》かった俺の演技が……プロ並みに上手《うま》く見えたもん」

「ふふ。上手くカットされていたね。けど大樹の拙い演技が童貞ぽく見えて、良い感じだったよ。特に撮影で緊張していたのか、我慢が利《き》かずにすぐ射精しちゃうとことか。大樹には童貞の才能があるのかな？」

「童貞の才能って何？」

「なんだろう？　いつまでも垢抜《あかぬ》けず、変わらない感じ？」

「それって褒《ほ》めてる？　褒めてないよね」

大樹がムッと不機嫌な表情で葵へと視線を送った。

葵はアハハと笑って、強引に話題を変える。

「褒めてる。褒めてる。ハハ、今日は本当にいい天気だねぇー。海日和《うみびより》だー」

大樹の服の袖《そで》を引いて、窓の外を指さした。

大樹は楽しそうな葵の様子を見て、目を細める。やれやれといった様子でわだかまりを解いた。

「ごきげんだな」

「海だよ。海」

「そうだが、そこまで？」

「去年の夏は……事務所関係でいろいろと忙しくて行けなかったしぃ」

葵が不機嫌そうに唇を尖らせた。

昔を思い出した大樹は苦笑して肩を竦《すく》める。

「あーあの時の葵は怖かったよ」

運転していた真理がバックミラーをチラリと覗《のぞ》いた。

「葵ちゃんがまさか……あの『月島蒼《つきしまあおい》』だとは全然分からなかったよぉ。いや、そのくらい綺《き》麗《れい》だし、可愛《かわい》いとは思っていたけど」

葵はため息を吐いて、前を見る。

「足も洗ったし、その名前も事務所が持っているから、今の私はただの人だよ」

「足洗ったって……そういうモノかぁ」

「そういうモノだよ。真理さんもモデルになりたいなら事務所に紹介するよ？　多分グラビアアイドルみたいになっちゃうけど」

「わ、私？」

「うん。真理さんくらい可愛くておっぱいが大きかったら、雑誌の表紙とか簡単に取れちゃうよ」

「そうかな。いや……年齢的にちょっとキツイって」

葵は難しい顔で、椅子《いす》の背に体を預けた。ふむー……っと呟いて口を開く。

「年齢は……二十四歳だっけ？　んーん。男って結局若い女の子が好きだからなぁ。まぁー真理さんは若く見えるから四歳くらいサバ読めば……いっぱい仕事取れるよ」

「サバ……そこまでは、いいや。あ、そうそう、顔バレしたら今の仕事もやりづらくなりそうだし」

「そっか。顔バレを避けて会社勤めの副業モデルやらアイドルやら、動画配信者やらもいるけど……それもなかなか大変だよね」

「え、顔バレしないで、モデルとかの副業ができちゃうの？」

「ふふ。ちょっとやる気でちゃった？」

「あ。まぁ、ちょっとね」

「ふーん。副業でやるなら、伊織姉がいいかもね。言っておくから、今度軽く相談してみなよ」

「してみる。……ちなみに葵ちゃんはモデル時代にどんな仕事をしていたの？」

「んーん。私？　いろんな服を着て雑誌撮影？　ＣＭやテレビを何本か？　あとはサイン書きとか？　コメ書きとか？　歌や演技のレッスンとか？　他に何かあったかなぁ。まぁー私は水着とかＮＧだったし。おそらくグラビアの仕事がいっぱい来る真理さんの参考にならないと思うけどね」

「ん？　水着ＮＧだったんだ」

葵は隣に座る大樹にしなだれるように体を預けた。

色っぽい笑みを浮かべて。

「ふふ。私の心も体も大樹のモノだしー。そこは大樹の許可がないと」

上目遣いで大樹を見上げた。

「ねぇ。大樹？　私は水着ＮＧだもんね？」

「水着は絶対ダメ」

「大樹は社長から金詰まれて説得されても突っぱねていたもんね？」

「あぁー。そんなこともあったな。あのオヤジはしつこかった。葵の才能を潰すとかなんとか言っていたが。そもそも葵の才能とやらは外見的なところだけじゃないだろう。もっと他にいっぱいあるってのに……葵のこと、分かってねぇーんだよ」

大樹にしては珍しく汚い言葉で、答えた。若干《じゃっかん》イライラした様子で、鼻を鳴らす。

葵はニマニマと笑みを浮かべて。

「ふふ、大樹は私のこと分かってくれているもんねぇー」

飛び付くように大樹に抱き着いた。首に腕を回して。

大樹と葵は見つめ合った。

葵は熱っぽい吐息を漏《も》らして。

「大樹ぃ愛している」

顔を近づけて、キスを始めた。

互いの舌を絡め合わせて、唾液《だえき》を啜《すす》る。

大樹はキスを続けたまま、手を葵の胸を服の上から押し上げるように揉《も》んだ。

対して葵は手を大樹の下半身へと置いて、股間《こかん》を撫《な》で始める。

キスを終えると、唾液の橋が架かって……大樹と葵は見つめ合う。

「はぁ……はぁ……きて」

葵は頬《ほお》を赤くして、熱い吐息を漏らす。

「っ！」

大樹が葵の服に手をかけた。

大樹と葵がセックスを始めそうになった時、運転していた真理から声が上がった。

「もう待ってぇ！　最初に約束したでしょう？　私の運転中はそういうのやらないって」

　葵は大樹の胸板を撫でながら答えた。

「真理さん……ごめん。ムラムラしてきちゃった」

「っ！」

　真理がハンドルを切った。

　ワゴン車が揺れて、車線を変え……急に道を変えて走らせた。

　大樹は戸惑い、窓の外へと視線を向ける。

「おっとと……アレ？　行き先を変えるの？」

「……ラブホに行く」

「アレ？　海は？」

「ラブホのジャグジーで我慢して」

「えぇー」

「海ではセックスできないじゃん。後ろで二人はセックスして、私だけお預けとか耐えられるわけないじゃん。葵ちゃんだけズルいじゃん」

　葵が戸惑った様子で声を上げる。

「え。海、行かないの？」

「最初に約束破ったのは葵ちゃんだからぁ。また今度」

「「えぇー」」

その後、大樹達の乗っているワゴン車は海から方角を変えて、お城のような建物……ラブホへと入っていくのだった。

あとがき

読者の皆様、こんにちは。

小説『彼女がハーレムを薦めてくる。』の作者、愛上《あいうえ》クレです。

最後までお読みいただき本当にありがとうございました。

主人公の大樹《たいき》とヒロイン達との、とびっきりに卑猥《ひわい》でエッチな描写、そこから生まれてくる不器用な恋愛模様を楽しんでいただけたでしょうか？

私はこの物語を書きながら、キャラクター達の突拍子《とっぴょうし》もない行動に戸惑い。笑ってしまったこともあったと思います。

そして、物語の根幹であるエッチな描写は性癖《せいへき》をくすぐるようなシチュエーション、よりキャラクターの感情、表情、しぐさがリアルに伝わるように心がけました。

ここで言ってしまいますが、私はこれほどまでエッチな描写を盛り込んだ長編小説を書くのは初めてで、挑戦でした。

ヒロイン達がエッチで乱れる大胆《だいたん》なシーンを書くのは、恥ずかしく感じる場面がいくつもありました。

これは私の小説家としての技量の問題になるのですが、今までファンタジー小説と恋愛小説を書いていた私にとっては、ちゃんとエッチに書けているだろうかという不安はありました。

ただ、書いていると多くの読者様から応援をいただき、新鮮で多くの発見が得られました。

もし次巻が出せるとしたら、物語の中で葵《あおい》が言っていた『セフレを百人作る』について描いてみたいですが、さすがに精力の永久機関である大樹でも難しいかも知れません。

まだまだ魅力的で個性的なヒロイン達が登場予定で、新たな展開があって、面白くも、よりエッチな物語へと進化することを、ここにお約束します。

最後に読者の皆様へ。

この小説を手に取っていただき本当にありがとうございました。

この物語が皆様の心に刺さって、何かドキドキしていただけたなら作者の私としてはこの上なく嬉しいです。

今後とも彼らの物語は続いていきます。ぜひ、最後まで見守っていただけたら幸いです。

それでは、またこの物語の世界でお会いしましょう。

ダッシュエックス文庫

彼女がハーレムを薦めてくる。

愛上クレ

2025年1月29日　第1刷発行

★定価はカバーに表示してあります

発行者　瓶子吉久
発行所　株式会社　集英社
〒101−8050　東京都千代田区一ツ橋2−5−10
03(3230)6229(編集)
03(3230)6393(販売／書店専用) 03(3230)6080(読者係)
印刷所　大日本印刷株式会社

ISBN978-4-08-631586-9 C0193